Das Ungenügen an der Welt, wie sie ist, schafft Gegenbilder, Fiktionen eines besseren Seins in mythischen Paradiesen oder politischen Utopien. Eine Sonderstellung nimmt dabei das Hirtenland Arkadien ein: Es verdankt seinen Ursprung als Wunschlandschaft weder Mythos noch Sozialentwurf, sondern der poetischen Imagination. Den klangvollen Namen borgt Arkadien von einer historisch und topographisch bestimmbaren Landschaft im Inneren der Peloponnes, deren reale Existenz jedoch wenig mit dem verklärten Sehnsuchtsbild der Kunst und Dichtung zu tun hat. Sie liefert lediglich den Umriß einer archaischen Welt, die von Hirten bewohnt und vom Mythos durchwaltet ist. In Arkadien erfüllt sich der alte Traum vom einfachen, elementaren Glück. Einheit mit der Natur, Einklang mit der Gottheit, Erinnerung an den verlorenen Stand der Unschuld, einfaches Leben, Muße, Frieden und Liebe gehören zu seinen unabdingbaren Ingredienzien. Arkadien kennt keine zeitliche Bestimmung: Es liegt weder in der Vergangenheit noch in der Zukunft, sondern kann heraufbeschworen werden, wann immer man von einem solchen Leben träumt.

insel taschenbuch 1421

Arkadien

Pablo Picasso, Pan, 1948

Arkadien

Landschaft vergänglichen Glücks

Herausgegeben von
Petra Maisak und Corinna Fiedler

Mit farbigen Abbildungen

Insel Verlag

Dieter Schäfer zum Gedächtnis

insel taschenbuch 1421
Erste Auflage 1992

Text- und Bildquellennachweis am Schluß des Bandes
Vertrieb durch den Suhrkamp Taschenbuch Verlag
Umschlag nach Entwürfen von Willy Fleckhaus
Satz: Satz-Offizin Hümmer, Waldbüttelbrunn
Druck: Nomos Verlagsgesellschaft, Baden-Baden
Printed in Germany

1 2 3 4 5 6 – 97 96 95 94 93 92

Arkadien

Auch schwach und sanft läßt sich wünschen. Wünschen und Wollen aber sind voneinander gerade im Einsatz verschieden. Das erstere kommt deshalb viel breiter vor, ein Mensch kann durchaus und lange Verlangen tragen, ohne zu wollen. Dann kann auch leichthin erwartet werden, das Glück möge uns von selber in den Schoß fallen. Ja gerade als geschenkt mag es dann besonders schön sein.

Leicht zieht so ein kindlicher Zug in dem Wünschen mit. Dem Bild der besseren Dinge, auf die sich Wünschen, als solch passives, bezieht. Wie Kindliches das Beschenktwerden vorzüglich braucht und liebt, so fehlt ähnlich Erwünschtem auch alles, was erst noch zu erkämpfen, ja auch nur zu erstellen wäre, mit Anstrengung des Willens wie Verstands. Die sich spendende Art von Gutem ist selber vor allem schon da, sie muß nicht erst *werden*.

So gab es denn auch erwachsen allemal einen eigenen Zug ins ohnehin gut Blühende hin. Wo weder hartes Kämpfen noch auch ein anstrengendes Machen dieses irgend böse macht, gar in ihm selber vorkommt. Das ist der eigentlich *arkadische* Traum von solcher Sache, einer nicht sowohl gelungenen als nur nicht durchkreuzten. Arkadien, das ist: eine selber durchaus sanfte Gemeinschaft, idyllisch vorhandenes einfaches Glück, von Wölfischem a limine fern. Wärme, Sicherheit, Heiterkeit, Unschuld blühen statt dessen, eine Gruppe Gleichgesinnter bewohnt ihr Tal in ebenso freundlicher Natur. Solche Idylle wurde nicht grundlos als ländlich hirtenhaft dargestellt. Derart spielte noch ein anderes Fluchtwunschbild hinein, das zur guten Natur verklärte Bild des *Gartens*. Das lange vor dem schäferlichen »Heraus in eure grüne Schatten«, auch viel archetypischer als das theokritische Idyll und der gelehrte Garten Epikurs. Denn in jeder Sage von einem goldenen Zeitalter, vor allem der der Bibel stand ein Paradiesgarten, das verlorene Eden. Was dessen Arkadien angeht, so standen gewiß nicht die selber so künstlichen Gärten der Renaissance, dann des französischen Stils vor Augen, wohl aber schien bereits die antikünstlich gemeinte Wendung davon fort, der englische Gartenstil voraus, eine wieder rückdatierte, sozusagen unschuldige Natur als Rahmen. Darin nicht nur Schäferspielerei, sondern es meldete sich die Landschaft der Empfindsamkeit, Stern und Mondsichel zwischen unbewegten Wipfeln, Blumenduft, stille Entzückung rundum. Auch dieser gespielte Kontrast zur verderbten Hofgesellschaft wollte Arkadien sein, wurde darin echt, mindestens auf der Bühne Mozartscher Musik, in der Arie der Susanne, und »Hesperus blickt so freundlich auf unsere Liebe«, auch auf eine Landschaft, wohin von der übrigen Welt kein rauher Hauch mehr eindringt; Lust, Diesseits und Leidenschaft, durchaus doch auch in der Leidenschaft der Liebe ist hier Arkadisches, sie mag nicht ohne die Unschuld steter Zärtlichkeit sein. Was da als erzarkadisches Lied mit Rosen kränzen will, was auch bei Klopstock »mit Rosenbändern bindet und um uns war's Elysium«, dies immerfort asphodelische Elysium hat mit Schwüle, Venusberg, Dionysos nichts gemein. Arcadia ist auch auf Bildern, in Literatur nirgends wie Cythera bei Watteau, gar wie Armidas Zaubergarten bei Tasso, und was als Sein wie Glück vortönen soll, ist keinem arkadischen Wunschbild Glut, sondern Freundlichkeit und Friede. Das aber durchaus jung, irdisch, keinesfalls seraphisch. Kein eingeblendetes Jenseitsglück, selbst nicht in einem – immerhin antikischen und nicht christlichen – Anklang daran bei himmlischen und weniger himmlischen Gestalten. So ergreifend in Glucks Orpheusmusik, beim Anblick solchen Elysiums als himmlischem Arkadien: »Welch reiner Himmel deckt diesen Ort, / Ein sanft'res Licht strahlt meinem Blick.« Auch diese himmlischen Gestalten fragen durchaus nach Mann und Weib, obwohl, ja weil Zärtlichkeit, nicht Heftigkeit ihr arkadisches Ingrediens ist. Also: Rousseausches Diesseits durch und durch ist visiert, ein selber stiller Protest lang auch vor Rousseau gegen Druck wie Künstlichkeit. Auch spezifisch eben gegen Wolfswelt, Rohes, Aufgedonnertes; so fehlt als Format der Sache selber genau das Kinderland *Miniatur* nicht. Alles mildernd, das auch im breiteren oder längeren Landstrich Bukolikon, wo immer er Arkadien heißt.

Zwar von Haus aus klang dieser Name keineswegs so schön. Arkadien war da nichts als ein wenig auffallendes: Weide und Bergland im Peloponnes. Seine freundliche, gar selige Landschaft ist erst 42 v. Chr. entstanden durch Vergil. Diese merkwürdige Verklärung wurde ihm durch den Historiker Polybios vermittelt, indem dieser, aus dem an sich banalen Arkadien stammend, besonders schönfärbende Liebe zur Heimat trug. Polybios berichtete von sangesfrohen Hirten daselbst, richtig hatte ja der Hirtengott Pan, der als erster die Syrinx blies, dort seinen immerhin mythischen Ort. Als so Vergil, ein römischer Theokrit diesesfalls, seine Hirtengedichte, auch Eklogen schrieb, bezog er sich bereits auf Arkadien wie auf ein bukolisches Urland. Erneuert wurde das, zugleich mit der Frührenaissance, durch den Neapolitaner Sannazaro in seinem 1480 geschriebenen Schäferroman, nun auch mit dem Titel ›Arcadia‹, und den zahlreichen, die dem folgten. Aber die Landschaft selber, ohne poetische Haltung, ist doch erst durch Malerei ausgezeichnet worden, durch die zwei Arkadienbilder Poussins, – zugleich allerdings mit einem schwer melancholischen Gegenschlag darin, mitten in der Heiterkeit. Denn auf dem einen Bild ist ein Totenkopf sichtbar, auf dem anderen ein Sarkophag, sozusagen als Fremdkörper, und eine Inschrift darauf: Et in Arcadia ego. Was Schiller nachher freilich, in dem Gedicht ›Resignation‹, gleichsam wieder mit altarkadischer Musik ergänzte, vielmehr umkehrte, indem er übersetzt: »Auch ich war in Arkadien geboren«, das Ego rein auf Jugendtraum, nicht auf Tod beziehend. Das Ego Goethes andererseits wurde bei seinem zweiten römischen Aufenthalt sogar in eine veritable ›Gesellschaft der Arkadier‹ aufgenommen; das war eine Gründung schon seit Anfang des siebzehnten Jahrhunderts, betont gegen Manierismus und Barock auf poetische Einfachheit und »Natur« bedacht. Würdige Schäfer versammelten sich hier in gesuchter Pan-Stille: »So wendeten sie sich ins Freie, in ländliche Gartenumgebungen, deren ja Rom selbst in seinen Mauern genugsame bezirkt und einschließt. Hierdurch ward ihnen zugleich der Gewinn, sich der Natur zu nähern und in frischer Luft den uranfänglichen Geist der Dichtkunst zu ahnen.« Was aber nun wieder das »Et in Arcadia ego« auf Poussins Arkadienbild angeht, so setzte Goethe diese Inschrift sogar als Motto in den ersten Ausgaben der ›Italienischen Reise‹, indem er das Ego durchaus nur auf sich als lebenden Künstler bezog, weit betonter als bei Schiller, unendlich fern von Totenkopf und Sarkophag; Arkadien übrigens wurde ganz Italien. Dieses genau als das freundliche Wunderland also, wo, nach Alfieri, eben auch die *Pflanze* Mensch am schönsten gedeiht. Durchgehends mithin, seit Vergil: Das Gesunde schlechthin, so »köstlich seiend«, war derart die ursprünglich dürftige peloponnesische Landschaft geworden; Pan immerhin hatte ihr das schon an der Wiege gesungen.

Wie wichtig aber wurde die Rolle, die solch seliggesprochenes Land nicht nur dichterisch spielte. Liebenswürdig durchaus, es mit Italien zu vergleichen, doch selbstverständlich war Arkadien nirgends so groß vorhanden oder gar ganz vorhanden. Es rückt also, trotz aller Abschlagszahlungen durch Gärten, mit arkadisch gemeinter Naturmuse darin, unablässig in *utopische* Gegend ein. Das eben ist das Wichtigste in unserem Zusammenhang: der Unterschied des arkadischen Bilds, als eines aus der Gesellschaft eher herausfallenden, und des eigentlich sozialutopischen als eines die Gesellschaft immanent-konstruktiv verbessern wollenden. Zugleich aber ist alles Sozialutopische lange vom arkadischen Archetyp beeinflußt, entspannend, aber auch neu bedeutenswert.

Ernst Bloch
Arkadien und Utopien

Land der Hirten, Ort der Liebe

Arkadien und Goldene Zeit

Vergil
Hirtengedichte

Gallus

Dieses Gedicht, Arethusa, vergönn mir als letztes, nur wenig
Verse für meinen Gallus, doch soll Lycoris sie selber
lesen: Wer könnte sich weigern, dem Gallus den Wunsch zu erfüllen?
Wenn du dahingleitest über den Grund des Sizilischen Meeres,
soll auch die bittere Doris nicht Salz in dein Süßwasser mischen!
Auf denn, die qualvolle Liebe des Gallus will ich besingen,
während stumpfnasige Ziegen vom Buschwerk die Blattspitzen nagen.
Zuhörer habe ich auch: Zur Antwort hallen die Wälder.

Aristide Maillol, Illustration zu Vergils Eklogen, 1912/14

Quellnymphen, welche Haine und Waldschluchten boten euch Wohnstatt,
als aus verblendeter Liebe sich Gallus so bitterlich härmte?
Weder der Kamm des Parnaß noch des Pindus gewährten euch Obdach,
auch nicht der heilige Quell Aganippe im Land der Böoter.
Lorbeerbäume sogar, Tamarisken beweinten den Armen,
der in den Bergen ganz einsam lagerte, Maenalusfichten,
auch die gewaltigen Felsen des eisig kalten Lycaeus.
Schafe umringten ihn gleichfalls: Die Tiere sind uns nicht böse,
deinerseits zeig dich auch ihnen nicht böse, du göttlicher Sänger;
weidete Schafe am Flusse doch auch der schöne Adonis!

Nunmehr erschienen der Schäfer und, zögernd, die Hüter der Schweine;
triefend aus taufeuchtem Walde der Wintereicheln Menalcas.
»Woher ergriff dich dies Liebesleid?« fragten sie. Phöbus auch nahte:
»Gallus, was bist du so traurig? Deine Geliebte Lycoris
zog schon mit einem andern von dannen, durch Gletscher und Kriegslärm!«
Nach ihm erschien Silvanus im Kopfschmuck nach ländlicher Weise,
schüttelte blühende Doldengewächse und prächtige Lilien.
Pan auch, die Gottheit Arkadiens, sahen wir eintreffen; rötlich
glänzte er von Holunderbeeren und leuchtendem Mennig.
»Willst du nicht aufhören?« rief er. »Den Amor beeindruckt kein Jammern;
Tränen bekommt er nicht satt, der Grausame, schlürft sie wie Kräuter

Wasser, wie Bienen vom Schneckenklee naschen und Ziegen
vom Laubwerk.«

Traurig erwiderte Gallus: »Dem Amor zum Trotz, ihr Arkader,
werdet, als Meister im Singen, ihr euren Bergen mein Schicksal
vortragen. Sollen doch meine Gebeine angenehm ruhen,
preist ihr im Flötenspiel einst, was mir als Liebendem zustieß!
Wäre ich einer von euch doch gewesen, ein Hüter von euren
Herden oder ein Winzer, Betreuer der reifenden Trauben!
Zweifellos wäre ich dann in Phyllis verliebt, in Amyntas
oder in einen andern – was schert es mich, wäre Amyntas
schwarzbraun? Dunkel sind ja auch Heidelbeeren und Veilchen!
Neben mir ruhtest du zwischen den Weiden, im Schatten von
Reben,
Phyllis pflückte mir Kranzblumen, lieblich sänge Amyntas.
Kühlung verbreiten hier Quellen, Lycoris, hier schmeicheln
die Wiesen,
locken die Haine; hier möchte mein Leben mit dir ich
verbringen.

Aber jetzt fesselt mich mitten im Kriegslärm die brennende
Liebe,
mitten im Schwirren der Lanzen, angesichts grausamer Feinde:
Ferne dem Vaterland weilst du – ach, wenn ich mich irrte! –,
vor Augen
hast du die Alpen im Schneekleid, die schaurigen Fluten des
Rheinstroms,
du ganz allein, so gefühllos! Möge der Frost dich verschonen,
mögen nicht Eiskanten dir die zarten Füße zerfleischen!

Aufbrechen will ich und meine chalkidisch gestalteten Lieder
nun auf der Rohrflöte spielen, der Syrinx sizilischer Hirten.
Fest entschlossen bin ich, im Walde, in Höhlen der Tiere
lieber mein Leid zu ertragen, den Kummer der Liebe in weiche
Rinden zu ritzen: Vereint mit den Bäumen wachse die Liebe!
Während des Wachsens durchstreife den Maenalus ich mit den Nymphen
oder erlege auch grimmige Eber. Nicht hemmt mich die Kälte,
rings mit der Jagdmeute den parthenischen Wald zu umstellen.
Pirschen schon sehe ich mich durch felsige Schluchten und eifrig
raunende Haine; kydonische Pfeile von parthischem Bogen
schnelle ich gern – als könnte ich damit mein Liebesleid heilen
oder als ließe sich Amor durch Qualen der Menschen erweichen.

Aber jetzt will ich von Baumnymphen gar nichts mehr wissen, von Liedern
ebenfalls nichts; verschwindet aus meinem Gesichtskreis, ihr Wälder!
Kann doch mein Ringen das Wesen des grausamen Gottes nicht ändern,
selbst wenn im bittersten Frost vom Wasser des Hebros ich schlürfe,
thrakischen Schnee auch durchstapfe im flockenstiebenden Winter
oder zur Zeit, da die Rinde verdorrt an der ragenden Rüster,
unter dem glühenden Krebs äthiopische Schafherden hüte.
Amor bezwingt doch jeden, ich räume ihm willig den Kampfplatz.«

Aristide Maillol, Illustration zu Vergils Eklogen, 1912/14

Ausreichend habe jetzt damit, pierische Göttinnen, euer
Dichter gesungen, während er sitzt und ein Körbchen aus
   wilden
Malven sich flicht. Begeistert für diese Verse den Gallus,
bitte, für den ich stündlich stärkere Liebe empfinde,
ebenso rasch, wie im Frühjahr grünend der Erlenbaum
   austreibt.
Aufstehen möchte ich. Schatten, besonders vom dunklen
   Wacholder,
ist für die Früchte gefährlich, bedrückt auch meistens den
   Sänger.
Hesperus leuchtet schon: Zieht denn, gesättigt, zur Stallung,
   ihr Ziegen!

Claude Lorrain, Hirten unter einer Baumgruppe, um 1660/65

Jacopo Sannazaro
Arcadia

Im Hirtenland

Auf den Höhen des Parthenius, eines stattlichen Bergzugs im Hirtenland Arkadien, liegt eine anmutige Ebene, nicht sehr ausgedehnt, da ihre Lage es nicht zuläßt, aber so voll von zartem, frischem Gras, daß man immer Grünes finden könnte, würden dort nicht mit gierigen Bissen die hungrigen Schäflein weiden. Wenn ich mich nicht täusche, stehen hier ungefähr zwölf oder fünfzehn Bäume von so großer und ungewöhnlicher Schönheit, daß jeder, der sie sieht, meinen könnte, die Künstlerin Natur habe sie mit besonderem Vergnügen geformt. Obwohl sie voneinander entfernt und nicht künstlich angeordnet sind, veredeln sie die natürliche Schönheit des Ortes über die Maßen. Ohne jeden Knoten steht dort die gerade emporgereckte Tanne, dazu geschaffen, den Gefahren des Meeres zu trotzen, mit ausladenden Ästen die kräftige Eiche; die hohe Esche und die liebliche Platane breiten ihre Schatten aus und nehmen damit einen erheblichen Teil der schönen, üppigen Wiese ein. Auch der Baum mit kürzeren Zweigen findet sich hier, mit dem Herkules sich zu bekränzen pflegte, und in dessen Stamm die armen Töchter der Climene verwandelt wurden. An einer der Seiten erkennt man die knorrige Kastanie, den dichtbelaubten Buchsbaum und die edle Pinie mit ihren spitzen Nadeln und harten Früchten; an der andern die schattenspendende Buche, die Linde mit unverweslichem Holz, die zarte Tamariske, dazu noch die orientalische Palme, süßer und ehrenvoller Siegespreis. In der Mitte aber ragt bei einer klaren Quelle eine gerade Zypresse gen Himmel, in die verwandelt zu werden weder Ciparissus noch Apoll sich schämen würden.

Nun sind diese Bäume nicht so ungastlich, den Strahlen der Sonne den Zutritt zu diesem lieblichen Hain zu verwehren; an verschiedenen Stellen werden sie so freundlich eingelassen, daß das Gras fast überall größte Erquickung von ihnen erfährt. Dieser Ort wirkt immer wie ein angenehmes Gemach, doch ist der Aufenthalt dort im blütenreichen Frühling noch erfreulicher als zu jeder anderen Jahreszeit.

An diesem Platz treffen die Hirten aus den umliegenden Bergen gern zusammen, um sich in verschiedenen schwierigen Wettkämpfen zu messen, den schweren Speer zu werfen, mit Pfeil und Bogen zu schießen, sich in leichten Sprüngen und harten Ringkämpfen voll bäuerlicher List zu üben. Meist jedoch singen sie und spielen im Wechsel die Hirtenflöte, nicht ohne den Sieger zu loben und zu preisen.

Eines Tages waren alle Hirten der Umgebung mit ihren Herden dort versammelt, und da jeder sich auf verschiedene Weise zu belustigen suchte, gab es ein herrliches Fest. Nur Ergastus tat nichts und schwieg; er hatte sich und seine Herde vergessen und lag unter einem Baum, als sei er von Stein, während die anderen Hirten ihren Vergnügungen nachgingen.

Lob der Goldenen Zeit

Kaum reichte ich von der Erde aus
an die ersten Zweige,
konnte den Esel mit dem Korn zur Mühle führen,

da rief mein alter Vater, der mich sehr liebte,
mich oft mit freundlichen Worten zu sich
in den Schatten der Korkeichen

und lehrte mich, wie es mit Kindern üblich ist,
die Herde zu führen,
die Wolle zu scheren und die Euter zu melken.

Zuweilen erzählte er auch von den alten Zeiten,
als die Ochsen sprachen
und der Himmel mehr Segen brachte.

Damals war es der höchsten Götter würdig,
die Schafe zum Weiden in den Wald zu führen,
und sie sangen dabei, wie wir es heute tun.

Man sah keinen Menschen einem anderen zürnen,
die Felder gehörten allen und waren unendlich
und brachten stets einen Überfluß an Früchten hervor.

Es gab weder Eisen, mit dem man heute
menschliches Leben zerstört, noch gab es Unkraut;
das eine verursacht Krieg, das andere schlechte Ernten.

Wütenden Irrsinn gab es nicht,
man hörte nie Streit zwischen den Menschen,
in dem sich heute die Welt zerfleischt.

Die Alten, die nicht mehr hinaus
in die Wälder gingen, erwarteten den Tod ohne Angst
oder wurden durch Zauberkräuter noch einmal jung.

Tizian, Nymphe und Hirte, um 1570

Nicht dunkel und kalt, sondern hell und warm
waren die Tage, und man hörte kein Geheul,
sondern den Gesang von lieblichen, heiteren Vögeln.

Die Erde, aus der harte, giftige,
todbringende Pflanzen sprießen,
worüber alle weinen und klagen,

war einst voll von heilenden Kräutern,
von Balsam und Räucherpflanzen,
von kostbaren, duftenden Myrrhen.

Im erquickenden Schatten aßen alle
Milch und Fleisch, Wacholder und Maulbeeren.
O herrliche Zeit, o vergnügliches Leben!

Denk' ich an diese Zeiten, so ehre ich sie
nicht nur mit Worten, sondern neige mich im Geist
und bete zu ihnen wie zu Göttinnen.

Wo ist die Herrlichkeit, wo ist der alte Glanz?
Wo sind diese Menschen jetzt? Wehe, sie sind Asche,
und nur noch die Geschichten erzählen davon.

Fröhliche Verliebte und zärtliche Mädchen
liefen über die Wiesen und gedachten
des Feuers und des Bogens von Venus' Sohn.

Es gab keine Eifersucht, lustig kreisten
die süßen Tänze zum Klang der Zither,
und wie die Tauben küßte man sich.

O reine Treue, o ihr schönen alten Gebräuche!
Wie wohl weiß ich, daß die Welt vergänglich ist
und mit jedem Tag schlechter wird!

Sooft ich daran denke, mein lieber Freund,
zerreißt mir das Herz, vergiftet
von Kummer und unstillbarem Schmerz.

Torquato Tasso
Aminta

Erlaubt ist, was gefällt

O golden-schönes Alter,
Nicht, weil von Milch die Flüsse
Da flossen und der Honig troff von Wäldern,
Ganz ohne Mühewalter
Der Acker trug Genüsse
Und giftlos strich die Schlange über Feldern;
Nicht, weil nie Wolkendräuen
Ein finstres Zelt bereitet,
Nein – ewiges Erfreuen –
Der Frühling sich in ständigem Erneuen
Lachend vor Himmelsheiterkeit gebreitet,
Auch kein fremder Besucher
Krieg oder Waren brachte an das Ufer.

Nur deshalb, weil der leere
Gegenstandslose Namen,
Der Götze falscher Meinungen und Trüge,
Den Dummheit nennt die Ehre,
Als andre Zeiten kamen,
Und den man dem natürlichen Gefüge
Zum Zwingherrn schuf, damals noch nicht geboten,
Nicht mengte in das Leben
Verliebter bittre Atzung,
Noch nicht die harte Satzung
Auf Seelen prägte, die zu freiem Weben

Von der Natur bestellt –
Weil da noch galt: Erlaubt ist, was gefällt.

Da führten zwischen Bächen
Und Blumen hübsche Reigen
Die Amoretten ohne Feuerbrände,
Da mischten in ihr Sprechen,
Gesellig unter Zweigen,
Nymphen und Hirten Flüstern, Spiel der Hände
Und Küsse ohne Ende;
Das Mädchen nackt und bar
Barg nicht der Rosen Füllen,
Die Schleier heut verhüllen,
Noch ihrer festen Brüste Apfelpaar;
Oft auch in blanken Seen
Konnte die Liebenden man baden sehen.

Agostino Carracci, Età d'Oro, um 1580/90

Du liebst zuvörderst, Ehre,
Den Freudenquell versiegen,
Verliebtem Durst verweigernd seine Füllen,
Du gabst dem Blick die Lehre,
Sich in sich rückzubiegen,
Vor andern eigne Schönheit zu verhüllen.
Du sammeltest in Netzen
Das Haar, sonst los im Freien,
Du schufst, daß Liebeleien
Abstoßen und entsetzen,
Und lehrtest Künstelei in Liebessätzen.
Nur dein Werk war es, Ehre,
Daß Diebstahl ward, was Amors Gabe wäre.

Ja, das sind deine Werke:
Nur Tränen, Jammern, Leiden!
Die du gar die Natur und Amor knechtest,
Ins Joch zwingst Königsstärke,
Was suchst du hier, auf Heiden,
Auf denen du umsonst um Herrschaft rechtest?
Am besten wärs, du brächtest
Unruhevollen Schlummer
Dem, der da viel bedeute,
Uns aber, kleine Leute,
Laß leben wie in Urzeit, frei von Kummer.
Laßt lieben uns, es lassen
Die Jahre Menschenleben bald verblassen.

Laßt lieben uns, die Sonne sinkt und hebt sich,
Uns glänzt nur kurz ihr Funkeln,
Bald hüllt uns ein die ew'ge Nacht mit Dunkeln.

Johann Thomas
Keuscher Liebes-Beschreibung vom Damon und der Lisillen

Sehet nun / wie durch das trübe Gewölck die Sonne bald wieder herfür blickt! Der Aristobulus vnd seine Phillis wohnten mit dem Damon beysammen in einer Behausung. Weil denn mit dieser die Lisille / vnd jhre Schwester / die Christille / in Kundschafft kommen waren / konten sie nicht vmbhin / die Phillis heim zu suchen. Wer war fröher als mein guter Damon / der nun der Lisille / welcher er so lange vergebens nachgegangen / Ja an der er noch vor kurtzer Zeit verzweiffelt / jetzo in seiner eygenen Hütten gewahr ward. Es deuchtete jhm nicht zeit seyn sich lange zu bedencken / oder viel federlesens zu machen / sondern wie er begierig war / den rechten Grund / was er zu hoffen oder zu fürchten / dermahln zu erfahren / also verfügte er sich / nicht ohne hertzklopffen / zu dieser lieben Gesellschafft.

Die Augen fackelten geschwind gegen einander / vnd was Damon der Lisillen in Anwesenheit der andern mündlich nicht eröffnen dürffte / das gab er jhr dennoch durch etliche verstohlne Blick zuverstehen / ward auch von jhr fast auff gleiche weiß beantwortet. Sonsten waren sie im Gespräch sehr behutsam / vnd liessen es vor dißmahl bey gemeinen vnd sonst vnverfänglichen Schertzreden und Höffligkeiten bewenden. Mit welcher Mässigung auch nach genommenem Abschied er den beyden Schwestern das Geläit gab / kehrte aber zurück mit zimlichen Vergnügen / wiederholende bey sich in seinem Sinn alle der Lisillen annehmliche vnd freundliche Gebärden. Vber allen jhren Worten / ob sie wohl an sich selbst kein absonderlich Absehen haben / vnd etwa der Lisillen von ohngefehr so vnd so

Barent Fabritius, Selbstbildnis in Schäfertracht, um 1658/60

außgefallen seyn mochten / wuste er jhm dennoch eine sonderbare gute Außlegung zu machen. Dergleichen Gelegenheit begab sich auch zum andern / vnd in deß Meliböi Garten zum dritten mahl. Da Damon es wagte / (dann im grünen pflegen wir freymüthiger zu seyn) vnd der Lisillen seine Liebe / wiewohl mit weitgesuchten vnd verblümten Worten entdeckte. Lisille gantz erröthet schwieg still / vnd schlug die äuglein nieder zur Erden / blickte hernach den Damon lieblich an / vnd sagte mit lächlenden Munde / sie hätte seine Rede nicht verstanden. So will ich sie / sprach Damon / euch mit kurtzen Worten erklären: Ich bin verliebt. Er wolte fortfahren. Sie aber hielt jhm die Hand vor den Mund / und batt innezuhalten / darmit der Meliboe mit seiner Schäfferin / der Vranien vnd der übrigen Gesellschafft / als

Abraham Bloemaert, Hirtin mit Traubenschale, 1628

die in einer Lauberhütten nahe darbey sassen / es nicht hören möchten. Er gehorchte / vnd war zu frieden / daß jhm dieser erste Streich nicht mißlungen.

In dessen hatten sich jene beredt / einen Tantz anzufangen / vnd muste Damon mit seiner Lisillen auch herbey. Er führte sie mehr in seinen Armen / als an der Hand / vnd kamen sie mit den Häuptern so nahe zusammen / daß er jhr im Gepüsch / da der Reygen durchgieng / den ersten Kuß beybracht. Welches sie gegen jhm anders nicht als mit einem Handtrücken rechete. Aber nach geendigtem Tantz / als ob sie sich schämete / dem Damon zu viel Freyheit zugelassen / vnd sich selbst ihm zu zeitlich verrathen zu haben / verlohr sie sich auß dem Garten hinweg / vnd ward am ersten von dem Damon vermist / der sich nicht säumte sie allen fleisses zusuchen / vnd in dem er sich vnterwegens an seinem auffsteigenden Glück belustigte / ward er darüber so muthig / vnd wie zu weilen der Liebhaber Art ist / machte er jhm die Sach so gewiß / daß er auch anfing ein Triumphliedlein zu singen.

...

Er suchte sie also zu erst bey dem Brunnen / den man wegen seiner frischen und lautern Quell den Crystallbrunnen zu nennen pflegt / vnd als er sie da nicht fand / lieff er weiter in das darbey gelegene Lustwäldlein / ruffte hier vnd dar der Lisillen / biß er jhrer endlich nach langem suchen ansichtig ward. Sie lag vnter einem wilden Birnbaum / hatte den Schoß voller Blumen / vnd hielt in der einen Hand einen halb außgemachten Krantz / den sie zu winden angefangen / aber über solcher Arbeit / vnd dem sachten Geräusch der Blätter in Schlaff gesuncken war. Damon / damit er sie nicht auß der Ruh verstörte / blieb stehen und machte jhm über dieser Begebenheit viel ergetzliche Gedancken.

...

Darmit neigte er sich zu jhr nieder / vnd wolte sie geküst haben. Sie aber erwachte / vnd verwieß dem Damon seine Kühnheit / der sich zwar besser nicht wuste zu entschuldigen / als daß die Gelegenheit Diebe machte. Dennoch verziehe sie jhm nicht allein diesen Frevell / sondern nachdem sie jhr Kräntzlein vollends verfertiget / überreichte sie ihm auch dasselbe zu einer Vergeltung / wie sie sagte / vor die liebe Blümlein / darmit er sie hiebevor so offt beschencken lassen. Er wolte hierauff nechst grosser Dancksagung seine vorhin abgebrochene Rede vollführen; Es kamen aber auch etliche von der Gesellschafft darzwischen / die jhn wieder daran verhinderten. Wie vngedultig er auch darüber ward / so muste ers dennoch verschoben seyn lassen / biß er erst Acht Tage hernach eben in deß Meliboei Hütten die Lisille mit der Vranien von einer Hochzeit kommende / antraff / vnd jhr daselbst seine auffrichtige Liebe mit vnbeschränckten Worten deutlich zuerkennen gab. Die Vranie ging darbey ab vnd zu. Meliboeus aber / der einen guten Rausch mit nach Hauß gebracht hatte / lag zu Bette / vnd von jhrem Gespräch ermuntert / auch anders nicht vermeinende / denn daß es etwa Diebe weren / machte er sich auß seinem Lager / vnd kam im Hembde / allein mit einem seiner grösten Schäfferstäbe gewapnet daher geschlichen. Lisille jhn ersehende / hielt jhn (bevorab es schon Abend / vnd die Liechter angesteckt waren) vor ein Gespenst. Es fehlte nicht viel / daß sie nicht überlaut schrie / vnd jener / dem der Wein noch vor den Augen mancherley Nebel vnd Blendungen machte / mit seinem Kolben gar darein schluge. Zu allem Glück kehrt sich noch die Vranie umb / vnd / je Meliboe / ruffte sie / was wolt jhr machen? schämt euch doch! hier ist die Lisille. Darmit begonte eines das andere zu kennen / vnd endete sich dieser Auffzug mit einem guten Gelächter. Vranie hatte nicht weniger Mühe jhren vollen Schäffer wider zu Bett zu bringen / als der Damon sich der Lisillen Gegenlieb zuversichern / die dann / ob sie wohl zu einer außtrücklichen Erklärung noch nicht zu vermögen / jhm dennoch damahls so viel zu ließ / daß er sie nach seines Hertzens Lust vmbarmen vnd küssen mocht.

Johann Wolfgang von Goethe
Faust. Der Tragödie zweiter Teil

Arkadisch frei sei unser Glück!

Die Gaben, diesen hier verliehen –
An jeglichen ein reiches Land –
Sind groß und herrlich; laß sie ziehen!
Wir halten in der Mitte Stand.

Und sie beschützen um die Wette,
Ringsum von Wellen angehüpft,
Nichtinsel dich, mit leichter Hügelkette
Europens letztem Bergast angeknüpft.

Das Land, vor aller Länder Sonnen,
Sei ewig jedem Stamm beglückt,
Nun meiner Königin gewonnen,
Das früh an ihr hinaufgeblickt,

Als mit Eurotas' Schilfgeflüster
Sie leuchtend aus der Schale brach,
Der hohen Mutter, dem Geschwister
Das Licht der Augen überstach.

Dies Land, allein zu dir gekehret,
Entbietet seinen höchsten Flor;
Dem Erdkreis, der dir angehöret,
Dein Vaterland, o! zieh es vor!

Gottlieb Schick, Apoll unter den Hirten, 1806/1808

Und duldet auch auf seiner Berge Rücken
Das Zackenhaupt der Sonne kalten Pfeil,
Läßt nun der Fels sich angegrünt erblicken,
Die Ziege nimmt genäschig kargen Teil.

Die Quelle springt, vereinigt stürzen Bäche,
Und schon sind Schluchten, Hänge, Matten grün.
Auf hundert Hügeln unterbrochner Fläche
Siehst Wollenherden ausgebreitet ziehn.

Verteilt, vorsichtig abgemessen schreitet
Gehörntes Rind hinan zum jähen Rand;

Doch Obdach ist den sämtlichen bereitet:
Zu hundert Höhlen wölbt sich Felsenwand.

Pan schützt sie dort, und Lebensnymphen wohnen
In buschiger Klüfte feucht erfrischtem Raum,
Und, sehnsuchtsvoll nach höhern Regionen,
Erhebt sich zweighaft Baum gedrängt an Baum.

Altwälder sinds! Die Eiche starret mächtig,
Und eigensinnig zackt sich Ast an Ast;
Der Ahorn mild, von süßem Safte trächtig,
Steigt rein empor und spielt mit seiner Last.

Und mütterlich im stillen Schattenkreise
Quillt laue Milche bereit für Kind und Lamm;
Obst ist nicht weit, der Ebnen reife Speise,
Und Honig trieft vom ausgehöhlten Stamm.

Hier ist das Wohlbehagen erblich,
Die Wange heitert wie der Mund,
Ein jeder ist an seinem Platz unsterblich:
Sie sind zufrieden und gesund.

Und so entwickelt sich am reinen Tage
Zu Vaterkraft das holde Kind.
Wir staunen drob; noch immer bleibt die Frage:
Obs Götter, ob es Menschen sind.

So war Apoll den Hirten zugestaltet,
Daß ihm der schönsten einer glich;
Denn wo Natur im reinen Kreise waltet,
Ergreifen alle Welten sich.

So ist es mir, so ist es dir gelungen;
Vergangenheit sei hinter uns getan!
O fühle dich vom höchsten Gott entsprungen!
Der ersten Welt gehörst du einzig an.

Nicht feste Burg soll dich umschreiben!
Noch zirkt in ewiger Jugendkraft
Für uns, zu wonnevollem Bleiben,
Arkadien in Spartas Nachbarschaft.

Gelockt, auf sel'gem Grund zu wohnen,
Du flüchtetest ins heiterste Geschick!
Zur Laube wandeln sich die Thronen, –
Arkadisch frei sei unser Glück!

Robert Walser
Die Einladung

Ich habe dir ein himmlisch schönes Plätzchen zu zeigen, Himmlische. Der Ort liegt ganz im stillen, bescheidenen, grünen Wald verborgen, wie ein Gedanke in einem Gedanken. Es ist eine weiche, milde Schlucht, die von niemand besucht wird. Sie liegt in den Bäumen so warm begraben, o so süß versteckt, dort, bilde ich mir ein, möchte ich dich küssen, mit innigen, sanften, süßen und langen Küssen, mit Küssen, die alles Reden, selbst das schönste und beste, verbieten. Der Ort, so zart und so abgelegen, wie er ist, steht in keinem Reisebuch als Sehenswürdigkeit verzeichnet. Ein kleiner, durch dichtes Gebüsch sich windender Fußpfad führt zu der Schlucht, zu dem

Wunderort, wo ich dir zeigen möchte, Wunderbare, wie ich dich liebe, wo ich dir zeigen möchte, Engel, wie ich dich vergöttere. Dort umschlingt und umhalst man sich wie von selber, und wie von selber berühren sich die Lippen. Du weißt noch nicht, wie ich küssen kann. So komm an den Ort, wo nichts ist als das liebliche Rauschen der hohen Bäume, dort wirst du es erfahren. Ich werde kein Wort reden, und auch du wirst kein Wort reden, wir werden beide schweigen, nur die Blätter werden leise flüstern, und der süße Sonnenschein wird durch das zierliche Geäste brechen. O wie still, wie still wird es sein, wenn wir uns küssen, wie schön wird es sein, wenn unsere Lippen liebesdurstig und -hungrig aneinanderhängen, wie süß wird es sein, wenn wir in der stillen, lieben Schlucht uns lieben. Wir wollen uns liebkosen und küssen in einem fort, bis der Abend kommt und mit ihm die silbern blitzenden Sterne und der Mond, der göttliche. Zu sagen werden wir uns nichts haben, denn es soll alles nur ein Kuß, ein unaufhörlicher, ununterbrochener, stunden-stundenlanger entzückender Kuß sein. Wer lieben will, will nicht mehr sprechen, denn wer sprechen will, will nicht mehr lieben. O komm an den heilig entrückten Ort der Tat, an den Ort der Ausübung, wo alles sich verliert in Erfüllung, und wo alles ertrinkt und erstirbt in Liebe. Die Vögel werden uns mit ihrem fröhlichen Gesang umzwitschern und in der Nacht wird eine himmlische Stille um uns sein. Was man Welt nennt, wird hinter uns liegen, und gefangen gehalten von dem Entzücken, werden wir beide Kinder der Erde sein und fühlen, was Leben heißt, empfinden, was Dasein heißt. Wer nicht liebt, hat kein Dasein, ist nicht da, ist gestorben. Wer Lust zu lieben hat, steht von den Toten auf, und nur wer liebt, ist lebendig.

Pan

Der arkadische Gott

Longus
Daphnis und Chloë

Fest des Pan

Am Tage darauf gedachten sie des Pan, bekränzten den Bock, der die Herde geführt hatte, mit einem Kranz von Pinienzweigen und führten ihn zu der Pinie des Pan. Nach einer Opferspende von Wein schlachteten sie ihn unter preisenden Anrufungen des Gottes, hingen ihn auf und zogen ihm das Fell ab. Wieder brieten sie einen Teil des Fleisches und kochten den anderen und legten es ganz in der Nähe auf die Wiese, auf die Blätter, die sie ausgebreitet hatten; die Tierhaut mit den Hörnern hängten sie an der Pinie neben dem Bilde des Gottes auf, ein Geschenk wie es Hirten dem Hirtengotte darbringen. Sie opferten auch das erste von dem Fleisch dem Gotte und spendeten eine Gabe aus einem größeren Mischkruge. Chloë sang, und Daphnis blies die Syrinx.

Danach ließen sie sich nieder und schmausten. Da trat der Rinderhirt Philetas zu ihnen, der gerade dem Pan ein paar Kränzlein bringen wollte und Trauben, die noch im Laub an den Reben hingen. Ihn begleitete sein jüngster Sohn Tityros, ein blonder, blauäugiger Knabe von heller Haut, ein ausgelassenes Kerlchen, das leichtfüßig dahinsprang, hüpfend wie ein junger Bock. Chloë und Daphnis sprangen auf, halfen ihm, Pan zu bekränzen, und hingen die Reben in den Zweigen der Pinie auf; dann luden sie ihn ein, an ihrer Seite Platz zu nehmen und mit ihnen zu trinken. Und wie das bei alten Leuten, die leicht angetrunken sind, so zu gehen pflegt, gab es zwischen Lamon, Dryas und Philetas eine rege Unterhaltung: wie gut sie die Her-

Salomon Geßner, Die tanzenden Knaben in der Grotte des Pan, 1781

den gehütet, als sie noch jung waren, wie sie viele Angriffe von Räubern glücklich überstanden. Da rühmte sich der eine, daß er einen Wolf erschlagen, der andere, daß er im Blasen der Syrinx nur hinter Pan zurückgeblieben sei; das war es, worauf sich Philetas besonders etwas zugute tat.

Daphnis und Chloë baten ihn auf alle Weise, ihnen eine Probe seiner Kunst zu vermitteln und am Festtag des syringenfrohen Gottes die Syrinx zu blasen. Philetas sagte es ihnen zu, wenn er auch auf sein Alter schalt, das ihm den Atem raube, und ließ sich die Syrinx des Daphnis geben. Die war für so hohes Können zu klein; war ihr doch nur vom Munde eines Knaben Atem verliehen. Darum schickte Philetas Tityros in sein Gehöft, das zehn Stadien entfernt lag, ihm die eigene Syrinx zu bringen. Tityros warf seinen Rock ab und begann nackt davonzulaufen wie ein junger Hirsch, während Lamon sich erbot, ihnen das Märchen von der Syrinx zu erzählen, das ihm einmal ein sizilischer Ziegenhirt um den Lohn eines Bockes und einer Syrinx vorgetragen habe.

»Die Syrinx, die wir blasen, war ursprünglich gar kein Instrument, sondern ein herrliches Mädchen mit einer wohlklingenden Stimme, das Ziegen hütete, mit den Nymphen spielte und sang, wie heute das Instrument. Während sie so weidete, spielte und sang, nahte ihr Pan, wollte sie sich gefügig machen und versprach ihr, alle ihre Ziegen Zwillinge gebären zu lassen. Sie lachte über seine Liebeswerbung: sie wolle sich keinen Geliebten anschaffen, der weder ein ganzer Bock noch ein ganzer Mensch sei. Pan versuchte, sie mit Gewalt in seine Hand zu bekommen, aber Syrinx entzog sich ihm und der Gewalt. Sie floh und versteckte sich, des Laufens müde, im Schilfrohr und versank im Sumpfe. Pan schnitt in seinem Zorn das Schilfrohr ab, und da er das Mädchen nicht fand und ihr Schicksal begriff, ersann er das Instrument, indem er die Rohre in verschiedener Länge mit

Wachs zusammenfügte, wie ja auch ihr beider Liebesverlangen unterschiedlich gewesen war; und was damals eine schöne Jungfrau war, ist jetzt eine tönende Syrinx.«

Eben hatte Lamon die Erzählung des Märchens beendet und Philetas ihn gepriesen, daß er ein Märchen vorgetragen, das süßer sei als ein Gesang, da nahte Tityros und brachte seinem Vater die Syrinx, ein großes Instrument mit mächtigen Pfeifen, und dort, wo es mit Wachs zusammengefügt war, war es mit Bronze kunstvoll verziert. Man hätte meinen können, das sei die Syrinx, die Pan zuerst zusammengefügt. Von ihrem Anblick entzückt, richtete sich Philetas auf seinem Platze auf und untersuchte zunächst, ob die Rohre guten Zug hätten. Als er dann feststellte, daß die Luft ungehindert durchkam, blies er mit jugendlicher Kraft voll hinein. Man konnte meinen, ein Konzert mehrerer Flöten zu vernehmen, so gewaltig tönte die Syrinx. Allmählich milderte er die Gewalt seines Atems und ging in eine anmutigere Melodie über. Er erwies sich als Meister in allen melodischen Weisen und blies, wie es bei einer Rinderherde angebracht war, wie es einer Ziegenherde frommte, wie es eine Schafherde liebte. Anmutig war das Lied für die Schafe, gewaltig das für die Rinder, durchdringend das für die Ziegen; kurz, die eine Syrinx übernahm die Weisen aller Syringen.

Während die anderen in schweigender Freude dalagen, sprang Dryas auf, bat, Philetas möge eine dionysische Weise anstimmen, und tanzte vor ihnen einen Weinlesetanz: bald gebärdete er sich wie einer, der Trauben erntet, bald wie einer, der Kiepen trägt, dann wieder, als stampfe er die Trauben, dann, als fülle er die Fässer, dann, als trinke er den Most. Alles das tanzte Dryas mit so viel Geschick und Lebendigkeit, daß man die Weinstöcke, die Kelter, die Fässer zu sehen glaubte und meinte, Dryas trinke wirklich.

Nachdem als dritter dieser Alte mit seinem Tanz Ruhm geerntet hatte, küßte er Chloë und Daphnis. Beide sprangen rasch auf und tanzten das Märchen Lamons. Daphnis spielte den Pan, Chloë die Syrinx. Daphnis flehte sie an und wollte sie gewinnen, Chloë versagte sich und lachte. Daphnis setzte ihr nach und lief auf den Fußspitzen, um die Bocksfüße des Gottes anzudeuten, und Chloë spielte die auf der Flucht Ermüdete. Dann verbarg sich Chloë im Gebüsch, wie Syrinx im Sumpf, während Daphnis die große Syrinx des Philetas ergriff und blies: klagend wie ein Liebender, begehrend wie ein Verführer, rufend wie ein Suchender. Philetas geriet darüber in Entzücken, sprang auf, küßte ihn und schenkte ihm nach dem Kusse seine Syrinx mit dem Wunsche, Daphnis möge sie auch einmal einem ebenso würdigen Nachfolger hinterlassen.

Jacopo Sannazaro
Arcadia

Im heiligen Hain

Die Wälder, die während des Gesangs der beiden Hirten leise mitgeklungen hatten, schwiegen nun, als seien sie zufrieden mit dem Urteil des Montanus; er hatte Apoll, der den Geist der beiden Fremden beflügelte, die Ehre und den Siegeskranz zugesprochen.

Darauf verließen wir das üppig bewachsene Flußufer und begannen fröhlich den Berg hinaufzusteigen, lachend und unter Gesprächen über das Gehörte. Wir waren noch nicht weiter als zwei Schleuderwürfe gegangen, als wir allmählich den verehrungswürdigen, heiligen Hain erblickten, in den niemand wagen würde, mit Eisen oder Beil einzutreten. Aus Angst vor den rächenden Göttern hatten die Landbewohner ihn viele Jahre unberührt gelassen, und, wenn man es glauben will: Zu einer Zeit, als die Welt noch nicht so voll von Lastern war, sprachen die Pinien dort, in hohen Tönen antworteten sie den Liebesgesängen der Hirten.

Mit langsamen Schritten wurden wir vom Priester zu dem Hain geführt; an seinem Eingang wuschen wir uns die Hände in einer kleinen sprudelnden Quelle, die dort entsprang. Die Religion erlaubt nicht, einen solchen Ort mit Sünden behaftet zu betreten.

Wir beteten zuerst zu dem Gott Pan, dann zu den unbekannten Göttern, die sich in dem Hain vor unseren Augen verbargen, und schritten mit dem rechten Fuß voran zum Zeichen glücklicher Augurien. Wenn jeder sie schweigend für sich erbittet, sind sie ihm günstig, auch in der Zukunft.

In dem Pinienhain fanden wir unter einem Vorsprung zwischen zerborstenen Felsen eine sehr alte, große Höhle; ich weiß nicht, ob sie natürlichen Ursprungs oder künstlich in den harten Stein gehauen war. Darin stand ein Altar, von den groben Händen der Hirten aus dem gleichen Stein geformt. Auf ihm sah man ein hölzernes Bildnis des Waldgottes, auf einen langen Stab aus einem ganzen Olivenbaum gestützt; am Kopf hatte er zwei gerade, zum Himmel gerichtete Hörner. Das Gesicht war von der Farbe reifer Erdbeeren, die behaarten Beine und Füße hatten keine andere Form als die der Ziegen. Sein Umhang bestand aus einem großen, weiß gefleckten Fell. Zu beiden Seiten des alten Altars hingen große Tafeln aus Buchenholz, beschrieben mit unbeholfenen Buchstaben. Sie waren über die Zeiten und viele Jahre hinweg von den Hirten bewahrt worden und enthielten die

Attisches Weihrelief mit zwei Pan-Figuren, 2. Jh. n. Chr.

alten Gesetze und Regeln des Hirtenlebens, die die Grundlage alles dessen sind, was heute in den Wäldern gilt. Auf der einen Tafel waren alle Götter des Jahres und die Veränderungen der verschiedenen Jahreszeiten vermerkt, die Ungleichheit von Tag und Nacht, die Zählung der Stunden – sehr wichtig für die Menschen –, die Vorzeichen der Stürme, wie der Sonnenaufgang klares Wetter und wie er Regen, Wind und Hagel ankündigt, welche Tage des Mondes günstig und welche ungünstig für die Werke der Sterblichen sind, und was jeder zu jeder Stunde meiden oder tun soll, um die Götter nicht zu erzürnen.

Auf der anderen Tafel konnte man lesen, welche Merkmale eine gute Kuh und ein guter Stier haben, welche Zeiten günstig sind für Zeugung und Geburt von Kälbern, zu welchen Jahres- und Tageszeiten die Kälber kastriert werden sollen, damit sie unter dem Joch für die schwere Landarbeit verwendet werden können. Ferner, wie man die Wildheit der Widder zähmen kann, indem man ihnen das Horn nahe dem Ohr durchbohrt, und daß Widder weibliche Nachkommen zeugen, wenn man ihnen den rechten Hoden, und männliche, wenn man den linken Hoden zusammenbindet; auf welche Weise die Lämmer weiß oder bunt werden; wie man vermeiden kann, daß Schafe aus Angst vor dem Donner Fehlgeburten haben. Weiter, wie man die bärtigen Ziegen behandelt, und welche, welcher Art und welchen Alters, zu welcher Jahreszeit und in welcher Gegend am fruchtbarsten sind; wie man ihr Alter an den Zeichen der knotigen Hörner klar erkennen kann. Außerdem waren dort alle Mittel gegen die Krankheiten der Herden, der Hunde und der Hirten beschrieben.

Vor der Höhle spendete eine hohe, breit gewachsene Pinie Schatten. An einem ihrer Äste hing eine große, schöne Flöte aus sieben Rohren, die oben und unten gleichmäßig mit weißem Wachs verbunden waren. Eine ähnlich schöne hat wohl noch kein Hirte in irgend einem Wald gesehen. Als wir fragten, wer sie gemacht habe (da sie uns von göttlichen Händen mit dem Wachs zusammengefügt zu sein schien), antwortete der weise Priester: Dieses Rohr ist dasjenige, das der Gott, den ihr hier seht, in Händen hielt, als er in diesem Hain, von Liebe getrieben, die schöne Syrinx verfolgte. Als er sich durch ihre plötzliche Verwandlung verhöhnt sah, seufzte er viel in der Erinnerung an die verlorene Liebe. Die Seufzer verwandelten sich in süße Töne.

Allein in dieser Grotte bei den weidenden Ziegen sitzend, begann er, mit frischem Wachs sieben Rohre zusammenzufügen, die in der Länge abnahmen wie die Finger unserer Hände, so wie ihr es jetzt bei dieser Flöte sehen könnt. Damit beklagte er hier in den Bergen lange Zeit sein Schicksal. Dann gelangte die Flöte, ich weiß nicht wie, in die Hände eines Hirten aus Syrakus, der sie als erster und ohne Angst vor Pan oder einem anderen Gott spielte, über der klaren Quelle der aus unserer Gegend stammenden Nymphe Arethusa. Man sagt, während er gesungen und gespielt habe, hätten die Pinien, ihre Wipfel bewegend, geantwortet, und die Eichen hätten, ihre Wildheit vergessend, die heimatlichen Berge verlassen, um ihn zu hören. Dabei spendeten sie den lauschenden Schafen angenehmen Schatten. Keine Nymphe, kein Faun weit und breit, die nicht mit großem Fleiß Kränze und Girlanden geflochten hätten, um ihm das jugendliche Haar zu schmücken. Als ihn später der Tod ereilte, war die Flöte seine letzte Gabe an den Mantuaner Tityrus, und als sein Geist schon entwich, sagte er zu ihm: Du wirst ihr zweiter Herr sein, mit ihrem schönen Klang kannst du die wilden Stiere besänftigen und die Götter des Waldes. Tityrus, glücklich über diese Ehre, freute sich an der Flöte und lehrte als erstes die Wälder, den Namen der schönen Amaryllis widerhallen zu lassen, darauf sang er von der brennenden Liebe des Bauern Corydon zu Alexis, vom Wettstreit zwischen Damoetas und Menalcas und von den lieblichen Gesängen des Damon und des Alphesiboeus. Vor Verwunderung vergaßen die Kühe zu fressen, und die wilden Tiere blieben erstaunt bei den Hirten stehen, die reißenden Bäche hielten in ihrem Lauf inne und dachten nicht mehr daran, dem Meer ihren Tribut zu zollen. Er sang noch weiter vom Tod des Daphnis, das Lied von Silen, von der stolzen Liebe des Gallus und von anderen Dingen, an die die Wälder sich erinnern und immer erinnern werden, solange es Hirten gibt auf der Welt. Aber da sein Geist von Natur für höhere

Dinge begabt war, gab er sich mit dem Klang noch nicht zufrieden. Er setzte jenes Rohr ein, das, wie ihr seht, dicker und neuer ist als die anderen, um noch besser von den erhabenen Dingen singen zu können und die Wälder der höchsten Konsuln Roms würdig zu machen.

Er verließ seine Ziegen und begann, die Bauern zu belehren. Die Flöte hängte er, vielleicht in der Hoffnung, später mit noch größerem Klang von den Waffen des Trojaners Aeneas zu singen, hier auf, wo ihr sie jetzt seht, zu Ehren dieses Gottes, der ihn in seinem Gesang begünstigt hat. Nach ihm ist niemand mehr hier in den Hain gekommen, der sie hätte in angemessener Weise spielen können, obwohl viele, von dem Wunsch getrieben, es versucht haben.

Emanuel Geibel
Erinnerungen aus Griechenland

Wo des Ölwalds Schatten dämmern,
Rast' ich matt vom Sonnenschein;
Fern am Berg bei ihren Lämmern
Lagern Hirten und schalmei'n.

Müd' eintönig schwimmt die Weise
Durch den Mittagsduft heran,
Und mir träumt, es sei das leise
Flötenspiel des großen Pan.

Arnold Böcklin, Pan im Schilf, 1856/58

Oskar Loerke
Pansmusik

Ein Floß schwimmt aus dem fernen Himmelsrande,
Drauf tönt es dünn und blaß
Wie eine alte süße Sarabande.
Das Auge wird mir naß.

Es ist, wie wenn den weiten Horizonten
Die Seele übergeht,
Der Himmel auf den Ebnen, den besonnten,
Aufhorcht wie ein Prophet

Und eine arme Weise in die Ohren
Der höhern Himmel spricht:
Das Spielen wankt, im Spielen unverloren,
Das Licht wankt durch das Licht.

Heut fährt der Gott der Welt auf einem Floße,
Er sitzt auf Schilf und Rohr,
Und spielt die sanfte, abendliche, große,
Und spielt die Welt sich vor.

Er spielt das große Licht der Welt zur Neige,
Tief aus sich her den Strom
Durch Ebnen mit der Schwermut langer Steige
Und Ewigkeitsarom.

Er baut die Ebenen und ihre Städte
Mit weichen Mundes Ton

Und alles Werden bis in dieses späte
Verspieltsein und Verlohn:

Doch alles wie zu stillendem Genusse
Den Augen bloß, dem Ohr.
So fährt er selig auf dem großen Flusse
Und spielt die Welt sich vor.

So fährt sein Licht und ist bald bei den größern,
Orion, Schwan und Bär:
Sie alle scheinen Flöße schon mit Flößern
Der Welt ins leere Meer.

Bald wird die Grundharmonika verhallen,
Die Seele schläft mir ein,
Bald wird der Wind aus seiner Höhe fallen,
Die Tiefe nicht mehr sein.

Pan und Nymphe. Pompejanisches Wandbild

Philostratos
Die Bilder

Pan

Pan, sagen die Nymphen, tanze übel und überspringe die Grenze des Schicklichen, indem er hüpfe und Sprünge gegen sie mache wie die stößigen Böcke, und sie könnten ihm einen anderen Tanz beibringen, der gefälliger und gesitteter sei; weil er aber gar nicht auf sie hört, sondern sie kirre machen will, und zwar mit straff gespanntem Gewand, überfallen sie ihn zur Mittagszeit, weil es ja heißt, Pan schlafe da und mache Pause bei der Jagd.

Sonst schlief Pan ganz gelöst, mit einem friedlichen Zug um die Nase, deren galligen Ausdruck er durch den Schlummer milderte, heute aber läuft ihm die Galle über; denn die Nymphen sind über ihn hergefallen, und schon sind Pans Hände auf den Rücken gebunden, und er fürchtet für seine Beine, weil sie diese hochheben wollen. Der Bart aber, sein ganzer Stolz, ist schon abgeschnitten, weil die Schermesserchen hineingefahren sind, und sie drohen, auch noch Echo zu überreden, sich nicht mehr um ihn zu kümmern, ja nicht einmal mehr seinem Ruf zu antworten.

Soweit die Nymphen allesamt, du aber betrachte die einzelnen Gruppen! Die einen nämlich sind als Najaden dargestellt, die Tropfen aus ihrem Haar schütteln, und die bäurisch-struppige Art der Hirtennymphen nimmt sich nicht schlechter aus als dieser Tau; das Haar der Blumennymphen aber ist in der Farbe von Hyazinthenblüten gewachsen.

Arkadien in Italien

Johann Wolfgang von Goethe
Italienische Reise

Aufnahme in die Gesellschaft der Arkadier

Schon zu Ende des vorigen Jahrs ward ich mit einem Antrage bestürmt, den ich auch als Folge jenes unseligen Konzerts ansah, durch welches wir unser Inkognito leichtsinnigerweise enthüllt hatten. Es konnte jedoch andere Anlässe haben, daß man von mehreren Seiten her mich zu bestimmen suchte, mich in die *Arcadia* als einen namhaften Schäfer aufnehmen zu lassen. Lange widerstand ich, mußte jedoch zuletzt den Freunden, die hierein etwas Besonderes zu setzen schienen, endlich nachgeben.

Im allgemeinen ist bekannt, was unter dieser arkadischen Gesellschaft verstanden wird; doch ist es wohl nicht unangenehm, etwas darüber zu vernehmen.

Während dem Laufe des siebzehnten Jahrhunderts mag die italienische Poesie sich auf mancherlei Weise verschlimmert haben; denn gegen Ende dieses Zeitraums werfen ihr gebildete, wohlgesinnte Männer vor, sie habe den Gehalt, was man damals innere Schönheit nannte, völlig versäumt; auch sei sie in Absicht auf die Form, die äußere Schönheit, durchaus zu tadeln; denn sie habe mit barbarischen Ausdrücken, unleidlich harten Versen, fehlerhaften Figuren und Tropen, besonders mit fortlaufenden und ungemessenen Hyperbeln, Metonymien und Metaphern, auch ganz und gar das Anmutige und Süße verscherzt, welches man am Äußern zu schätzen sich erfreue.

Jene auf solchen Irrwegen Befangenen jedoch schalten, wie es zu gehen pflegt, das Echte und Fürtreffliche, damit ihre Miß-

Claude Lorrain, Abendlandschaft mit Tempel und Hirten, um 1644

bräuche fernerhin unangetastet gelten möchten. Welches denn doch zuletzt von gebildeten und verständigen Menschen nicht mehr erduldet werden konnte, dergestalt, daß im Jahr 1690 eine Anzahl umsichtiger und kräftiger Männer zusammentrat und einen andern Weg einzuschlagen sich beredete.

Damit aber ihre Zusammenkünfte nicht Aufsehn machen und Gegenwirkung veranlassen möchten, so wendeten sie sich ins Freie, in ländliche Gartenumgebungen, deren ja Rom selbst in seinen Mauern genugsame bezirkt und einschließt. Hiedurch ward ihnen zugleich der Gewinn, sich der Natur zu nähern und in frischer Luft den uranfänglichen Geist der Dichtkunst zu ahnen. Dort, an gefälligen Plätzen, lagerten sie sich auf den Rasen, setzten sich auf architektonische Trümmer und Steinblöcke, wo sogar anwesende Kardinäle nur durch ein weicheres Kissen geehrt werden konnten. Hier besprachen sie sich unter einander von ihren Überzeugungen, Grundsätzen, Vorhaben; hier lasen sie Gedichte, in welchen man den Sinn des höheren Altertums, der edlen toskanischen Schule wieder ins Leben zu führen trachtete. Da rief denn einer in Entzücken aus: Hier ist unser Arkadien! Dies veranlaßte den Namen der Gesellschaft, so wie das Idyllische ihrer Einrichtung. Keine Protektion eines großen und einflußreichen Mannes sollte sie schützen; sie wollten kein Oberhaupt, keinen Präsidenten zugeben. Ein Custos sollte die arkadischen Räume öffnen und schließen und in den notwendigsten Fällen ihm ein Rat von zu wählenden Ältesten zur Seite stehn.

Karl Philipp Moritz
Reisen eines Deutschen in Italien

Rom, den 28. September [1788]

Mit Wehmut schreibe ich Ihnen heute zum letztenmale aus Rom. – Vor ein paar Abenden stand ich mit Herdern auf dem Turm des Kapitoliums – Die Sonne sank unter – die Berge schimmerten in ihrem Wiederschein – ihre letzten Strahlen beleuchteten die Spitze von dem Grabmal des Cestius, und das alte Dach des grauen Pantheons. Unter uns rollte im dunklen Tale zwischen den Hügeln Roms der gelbe Tiberstrom.

Begierig sog mein Auge die Strahlen der untersinkenden Sonne; und ich tat mir selbst ein heiliges Gelübde: mich jeder schönen Szene des Lebens bis auf ihren letzten Moment, ohne Klagen und Murren über ihr Auslaufen, zu erfreuen!

Mag denn der Vorhang fallen, wenn das Schauspiel vollendet ist – tief in die Seele senkt sich das entschwundne Bild, und die erhabene Musik beginnt, worin des Abschieds Kummer und jeder Schmerz sich auflöst. – –

Johann Gottfried Herder
Angedenken an Neapel

Ja, verschwunden sind sie, sind verschwunden,
Jene kurzen, jene schönen Stunden,
Die auch ich am Pausilipp erlebt.
Holder Traum von Grotten, Felsen, Hügeln,
Inseln und der Sonne schönen Spiegeln,
Seen, Meer – du bist mir fortgeschwebt!

Fortgeschwebt die zaubernde Sirene,
Die mich ohne süßer Flöten Töne
Schwesterlich in ihre Arme nahm;
Und mein Herz schlug voller und geschwinder,
Und mein Blut floß reiner und gelinder,
Da ihr Atem mir entgegen kam.

Sehnend sah ich ihres Busens Wellen
Sanfter sich und reger zu mir schwellen,
Schwamm dann mit der Fläche sanft dahin;
Sah den schönen Kranz von Fels und Hügeln,
Sah die Sterne, sah den Mond sich spiegeln
In der süßen Freudegeberin.

Sah die Inseln in den Wellen schweben,
Träumt' auf ihnen ein beglücktes Leben,
Unbekannt und aller Welt entflohn;
Sammelt' nur um mich den Kreis der Meinen –
Ach, ihr Wellen, oft saht ihr mich weinen
Um sie, für sie, zu der Göttin Thron!

Wenn die Abendröt' im stillen Meere
Sanft verschwebte, und mit seinem Heere
Glänzender der Mond zum Himmel stieg,
Ach, da flossen mit so neuem Sehnen
Unschuldvolle, jugendliche Tränen;
Nur ein Seufzer sprach, und alles schwieg.

Nimmer, nimmer sollt ihr mir entschwinden,
Immer wird mein Herz euch wiederfinden,
Süße Träume, rein und zart und schön.
Nie wird euch mein Auge wiedersehen,
Doch ein Hauch wird lispelnd zu euch wehen:
»Ich, auch ich war in Arkadien.«

Johann Gottfried Herder
An Karoline Herder

Napel, den 19. Jan. [17]89

Ich bin gesund im schönen Napel, liebe Liebe, das wird Dir gnug seyn. Wir kommen eben aus Pompeji u. haben zugleich nebst einer Maccaroni-Fabrik die Herkulanischen Gemälde durchsehen, an einem sehr schönen, reizenden Tage. Luft, Himmel, Berge, Meer u. Erde sind ein Zauberanblick, in den man wie versunken ist, so daß man darüber kein Wort hat. O eine Gegend! Man fährt mitten im Winter durch Gärten Adonis u. wird von dem holden Traum trunken. Lange indeßen könnte ichs hier nicht aushalten in dem Zustande, worinn ich bin; meine einsame Seele wiegt sich zuletzt in den Wellen des Meers zum Abgrunde oder in die Ferne traurig, traurig. Ehegestern fuhr ich allein um den Pausilipp herum wie hinein in die Abendröthe u. kam so sanft-traurig wieder, daß ich 3. Stunden hernach wie stumm war. Verzeihe mir also, daß ich aus Napel überhaupt u. auch jetzt Dir so wenig schreibe. Wenn wir durch sind, will ichs an die Kinder thun, die Du darüber versichern u. darauf verweisen kannst; denn liesest auch Du es; noch ist mirs unmöglich. Die Herzogin ist wohl u. gegen mich gütig; wir leben alle gut mit einander, nur sind wir Mannspersonen enge bei einander, durch des alten Reiffensteins dumme Bestellung u. weil ein Rußischer General nicht fort will, der schon den 29. December abreisen wollte. Uebrigens ists entsetzlich theuer in Napel, daher wir auch nicht überlange hier seyn werden. Was ich in Napel suche, finde ich sehr u. werde es von Tage zu Tage mehr finden. Grüße Zinserling; mit nächster Post schreibe ich nach Göttingen für ihn. Die Bücher, die Du mir gesandt hast, höre ich, sind in

Franz Louis Catel, Schinkel in Neapel, 1824

Rom angekommen; habe den besten Dank dafür. Du klagst über die Verspätung meiner Briefe; sie müßen alle kommen; jede 8. Tage habe ich richtig geschrieben u. sie sind durch Werner sicher auf die Post gekommen. Frost u. Schnee haben wahrscheinlich die Posten irre gemacht, wie ich denn auch in 3. Wochen keine Briefe von Dir gehabt habe. Vorigen Donnerstag kamen 2. mit einander, u. der morgende Tag, hoffe ich soll mir wieder 2. bringen, weil die Bahn offen ist; zähle darnach meine Briefe über, ob Dir welche fehlen. Der Brief an Einsiedel ist bestellt. – Grüße Göthe, u. Knebel; u. sage dem letzten, daß ich ihn oft herwünsche, mit ihm am Ufer des Meers spatzieren zu gehen, den Vulkan mit ihm zu besteigen, am Grabe Sannazars, auf Capo di Monte oder sonst mit ihm in magna Graecia zu philosophiren. O wie ist die Natur hier groß u. schön! Ich glaube, meine Seele ist von hier nach den Nordländern herübergeflogen; hier, wenn ich hier meine Heimath hätte, wiegte sie sich wie ein Vogel auf den Zweigen. Jetzt aber fliegt sie höchstens wie eine See-Möwe, sich ein paar Fische zu holen. Lebe wohl, liebe, küße von mir die Kinder, u. wenn es anginge, küße Dich selbst von mir, holde Seele, mein einziges, inniges Leben. Ich könnte hier wiedergebohren werden, wenn ich nicht so alt wäre u. jemand um mich hätte, mit dem ich von Herz u. Seele lebte. Indeßen bin ich gesund u. sehe die See u. den Mond drüber, u. die Lichter auf ihr, die da fischen, u. höre in der Nacht die hohen Wellen brausen. Lebe wohl, Engel, u. denke an Deinen einsamen Ulyßes am Ufer des Meers freundlich. Alle guten Geister seyn mit Dir; meine Sehnsucht sendet sie Dir über Meer u. Berge zu, u. ziehet Dich oft her in meinen Gedanken. Lebe wohl, meine liebe! Grüße die Kalbin, Steinin, Schardtin u. empfiel mich der Herzogin, ihr dankend für ihren guten, gnädigen Brief. Addio, cara, carissima mia, addio! addio!

Karl Blechen, Kloster Santa Scholastica bei Subiaco, um 1830

Jacob Burckhardt
An Gottfried und Johanna Kinkel

12. Sept. [1846]

O wie ist mir dießmal der Abschied von Italien schwer geworden! Ich weiß es jetzt, daß ich außerhalb Rom's nie mehr recht glücklich sein werde und daß mein ganzes Streben sich thörichter Weise in dem Gedanken concentriren wird, wieder hinzukommen und wäre es auch als Lakai eines Engländers. Ich könnte Dir in Rom verschiedene Stellen zeigen, auf der Straße, in Gärten u. s. w., wo mich ohne besondern Anlaß das Gefühl überraschte, daß ich jetzt vollkommen glückselig sei; es war eine plötzliche, vom Genuß nicht abhängige, innere Freude. Eine dieser Stellen ist auf der Treppe des palazzo Farnese, beim ersten Absatz, also nicht einmal eine sonderliche Localität. Eine andere Stelle, wo ich in den ersten Tagen des Mai einmal dasselbe Gefühl hatte, ist rechts von der fontana Trevi. Ich fühlte mich zu Rom in einer Harmonie aller Kräfte wie ich sie nie gekostet, einige gute Tage in Bonn ausgenommen. Denn verliebte Zeiten, wo man zwar bisweilen glückselig, aber dabei außer allem Gleichgewichte ist, rechne ich nicht in dieses Capitel, weil es da gar keine Kunst ist, sich glücklich zu fühlen.

Rolf Dieter Brinkmann
Rom, Blicke

Als ich aus dem Zug gestiegen war und an der langen Reihe Wagen entlangging zur Halle hin, verlängerte sich wieder der Eindruck einer schmutzigen Verwahrlosung beträchtlich, wieder überall Zerfall, eine latente Verwahrlosung des Lebens, die sich in der riesigen Menge der winzigen Einzelheiten zeigt – und vielleicht hatte ich immer noch Reste einer alten Vorstellung in mir, daß eine Weltstadt wie Rom funkelnd sein würde, bizarr, blendend und auch gefährlich für die Sinne – eben ein wirbelnder Tagtraum und voll rasanter Betriebsamkeit, statt dessen war da ein grauer Zug erschlaffter Reisender, die stumpfe Monotonie der Bahnhofshalle, zwischen den Ankommenden die italienischen Kulis mit großen eisernen Schubkarren – ich hatte vielleicht gedacht, ich würde bereits am Hauptbahnhof in ein verwirrendes Miniatur-Labyrinth kommen – schließlich ist Rom doch eine Weltstadt – ich fragte mich, ob inzwischen Italien eigene italienische Gastarbeiter einstelle – unterwürfig im Verhalten, wirklich Kulis: diese Atmosphäre habe ich weder in London gesehen, auch nicht in Amsterdam oder einem sonstigen großen Bahnhof – ratternde Eisengestelle, serviles Verhalten, bettelnde Angebote, die aus faden, verblaßten Gestalten kamen. Sie drangen vom Rand des Blickfeldes her ein und erhielten tatsächlich bei näherem Hinsehen keine eindeutige Kontur. – So etwas gibt es tatsächlich! – »Auch ich in Arkadien!« hat Göthe geschrieben, als er nach Italien fuhr. Inzwischen ist dieses Arkadien ganz schön runtergekommen und zu einer Art Vorhölle geworden.

Franz Horny, Frauen am Brunnen von Olevano, um 1822

Hugo von Hofmannsthal
Sommerreise

Hier unter dem Schatten des großen Ahorn, hier, wo ein Hahnenruf, ein Grillenzirpen, das Rauschen des kleinen Baches die Welt bedeuten, erscheint diese dreitägige Reise schon wie ein Traum. Und doch war sie wirklich: so wirklich wie ein Gang zum Brunnen, ein Niederbeugen, das Löschen eines tiefen Durstes in eiskaltem, felsentsprungenem Wasser; so wirklich wie ein Verlangen nach Früchten, nach kernig-weichen, innerlich kühlen, duftigen, flaumumhüllten Früchten, ein Anlegen der Leiter, ein Hinaufsteigen, ein Pflücken, ein Genießen, ein Schlummern in der Krone des Baumes. Es mußte ein Abend vorhergehen, ein wundervoller Vorabend: jener eine Abend, der in jedem Jahre einmal kommt, früher oder später; jener einzige Abend, an welchem die Fülle des Sommers auf einmal da ist; die Sonne ist längst gesunken, doch steht noch immer im Westen ein Abgrund von Licht; drüber entzündet sich wie eine Fackel der Abendstern; die Berge, die dunklen Schluchten zwischen den Bergen glühen von innerem purpurblauen Feuer; ein unsäglich leichter Hauch geht wie ein Atem von Baum zu Baum; manchmal schleift er lüstern an dem Boden hin, ergreift ein frischgesponnenes Laken, das da zum Bleichen liegt, und bläht es wie ein Segel; dann schwillt vor innerer Kraft das Wasser in den Brunnentrögen, wie droben die Sterne überschwellen vor Glanz; stärker gurgelt es in den hölzernen Röhren, verlangender rauscht es aus dem Felsenspalt hervor, wundervoller braust der ferne Wassersturz, als drängte es den dunklen Berg, die starre Wand, ihr Inneres hinzugeben; von den Hängen, von den Matten läßt sich der Heuduft nieder, langsam kreisend; Wanderern gleichen die Bündel Heu, hingesunkenen Ermüdeten, Stehenden, am Pilgerstabe erstarrt, schlafend in der Gebärde des Wanderns; und jeder Schatten der Nacht, dort am Waldrand, da auf dem Altan, jeder gleicht einem Wanderer, der sich hinließ, in den Mantel gewickelt, mit dem ersten Frühstrahl leicht aufzuspringen, mit dem ersten Schritte weiterzuwandern.

Den nächsten Morgen begann die dreitägige Reise. Ihr Weg war mit dem abwärtsrauschenden Wasser. Ihr Ziel war das Land des Sommers, da unten. Irgendein Hügel, festlicher als alle gekrönt mit üppigen Gewinden rankender Reben zwischen Ulme und Ulme; irgendein Weiher, eingesetzt wie ein purpurspielender Edelstein in das Grüne eines Hügels; irgendein Kastell, aus dessen braunroten Trümmern die breitblättrige Feige wächst und der schattenhafte Ölbaum; irgendein Dickicht, durch dessen Stämme eine wundervolle Nacktheit zu schimmern scheint, dessen Ranken noch schaukeln vom Flüchten feuchter, leuchtender, göttlicher Wesen.

In den Bergen führt der Weg des ersten Tages. In die Flanke der Berge ist die weiße Straße eingeschnitten, und drunten tobt das starke Wasser abwärts. Dörfer hängen zwischen der Straße und dem Himmel, und die Lerche, die von hier aus steigt und steigt und aus schwindelnder Höhe singt; oben mag einer stehen an seiner Eltern Grab und sich über die niedrige Friedhofsmauer beugen, und sieht die Lerche unter sich. Und Dörfer hängen drunten zwischen der Straße und dem wilden Fluß, und der vergoldete Engel auf der Spitze ihres Kirchturmes funkelt herauf aus der Tiefe.

An der Straße stehen schöne Brunnen; aus einer steinernen Säule springen vier Wasserstrahlen in die schönen uralten steinernen Tröge; jeder Strahl grüßt einen Gebirgsstock, dessen Gipfel Schnee und Sonne zum Trank mischt. Und es steigen

Frauen, alte und junge, aus den Dörfern herauf und aus den Dörfern herab, langsam die mühseligen schmalen Pfade; jede trägt auf der Schulter das antike Joch mit zwei bauchigen, blitzenden, kupfernen Becken. Und wie sie die Becken unter dem Brunnen füllen und tönend das Wasser hineinfällt, so kommen die beiden wieder zusammen, die beieinander im dunkelsten Schoß des Berges schliefen, das Wasser und das Erz.

Und Brücken springen in einem einzigen Bogen tief drunten über das schäumende Wasser; uralt sind sie, steinern, ihr Bauch mit triefendem Moos behangen; sie sind Menschenwerk, aber es ist, als hätte die Natur sie zurückgenommen; es ist, als wären sie aus der Flanke des Berges herausgewachsen, über die Schlucht hinweg in der Flanke des jenseitigen Berges wiederum zu wurzeln.

Und wie in Schlucht die Schluchten münden und in das Wasser die Wässer sich stürzen und Pfad und Brücke die Dörfer verknüpfen und Steige hinabführen von der Hütte des Ziegenhirten, neben dem der Adler horstet, zu der Mühle unten, die im ewigen Wassersturz steht und feucht und grün überwuchert ist, und der Wind Glockenklang heraufträgt und Glockenklang herab und von drüben und von jenseits: so fühlst du, es ist mehr als ein Tal, es ist ein Land, und seine Schönheit gleicht der Schönheit jener nahen großen Wolke drüben, die voll Wucht ist und Dunkelheit und doch leuchtend, ja innerlich durchleuchtet und oben in goldenem Duft zerschmelzend; und schön wie diese Wolke mit zerschmelzenden Buchten ist auch der Name des Landes: es heißt das Cadorin.

Und dieses Land ist nur wie ein Altan, der hinabsieht auf das andere Land, auf das Land, das die Venezianer, von den Palästen ihrer tritonischen Stadt wie von hohen Schiffen hinüberblickend, »das feste Land« nannten, auf das Land, das wie ein Mantel von den Hüften der Alpen niederschleift bis ans Meer. Dieses Land aber ist an schöngebauten Städten reicher als irgendeine Landschaft der Erde. Drei sind die prunkvollen Spangen im Saum dieses Mantels: Venedig, Vicenza, Verona. Aber in jeder seiner Falten ist Geschmeide verborgen, und wer kann jede seiner Falten durchwühlen? Hier liegt Belluno, hier gleitest du nach Treviso hinab, hier zweigts ab nach Vittorio, und schon hast du Feltre versäumt, schon liegt Asolo seitlich, schon bleibt Bassano hinter dir. Willst du Serravalle wiedersehen, die wundervolle Sperre des Tales, die starke Klause, in der Brückenjoch und Kirchentreppe, Bastei und Gartenhaus einander berühren? Schon hat es dich zu weit nach Süden gezogen, schon führt die weiße Straße zwischen der Weingärten steinernen Mauern auf Castelfranco zu.

Königlich ist diese Landschaft mit ihren Städten. Wie ein Gewimmel ists hinter einem und um einen, wie ein Lagern von großen Heeren zu einem Kriegszug oder einer wundervollen Jagd hier zwischen den Bergen und dem Meer. Wie große Herren, die ihren Namen ausrufen, ihre Leute um sich zu sammeln, wie große Herren, die nach einer siegreichen Schlacht auf den Hügel stampfen und ihren ritterlichen Namen in die Luft schmettern, so rufen diese Städte immerfort ihren Namen durch die Sommerabendluft. Über jeder dieser Städte bläht sich ihr Name wie ein gelb und purpurnes Segel, wie eine gebauschte Fahne: und jeder dieser Namen ist zugleich der Name eines großen Malers.

Paolo Veronese, und Pordenone, und Bassano; Giovanni da Udine, und Cima da Conegliano, und Morto da Feltre, und Bordone von Treviso, Pellegrino da San Daniele: so wohnt in jeder dieser halbzerbrochenen Städte ein Ruhm wie eine leuchtende, nackte Dryade im Strunk des halbvermorschten Baumes. Oder die Städte haben sich in den Ruhm ihrer großen Söhne gehüllt wie in einen farbigen Mantel und sich hingestreckt an den Hügeln und über den Flüssen, und als ein halb lebendiges, halb im Schlummer erstarrtes Wesen lagern sie da, starrend in Waffen, oder wie ein Hirt, oder wie ein reicher lässiger Reisender, den auf der Jagd der Schlummer überwältigt.

Und das wilde Wasser aus den Bergen umfließt beruhigt Kirche und Kastell, spiegelt die zerfallenden Mauern, gleitet in lautlosem Rinnen zwischen Feld und Feld dahin, gibt dem Dorf seinen Weiher und dem Park seinen Teich. Und der friedliche Weiher und der marmorgefaßte Teich spiegeln am stillsten Abend die ferne goldumrandete Wolke mit großen schmelzenden Buchten, die sich vom feuchten Hauch der blauen Riesenberge nährt. Mit den Statuen, mit den Balkonen der Villa spiegelt der Teich von unten her das Gebälk, das die offene Halle bedeckt: und diese Balken waren Bäume, und wo der Teich als Quell war, dort waren sie als Lebendige, mit Wipfeln, die stärker rauschten als unter ihren Wurzeln hervor das flinke Wasser. So schmilzt hier, erst hier, der starke Drang der Berge in selige Ruhe.

Muß hier nicht Giorgione geboren sein? Er, der dies Fern und Nah, dies selige Spiegeln, dies Hinüberschauen zu den Bergen, dies Rasten auf dem letzten Hügel in sich sog und eine Bezauberung daraus schuf, die keinen Namen hat. Der vier oder fünf Gestalten auf den weichen Rücken eines solchen Hügels hinlagerte, und alle tun sie nichts anderes, als die unsägliche Süßigkeit dieser Landschaft auskosten, aussaugen wie eine Frucht diese süße Vermischung von Weite und Nähe, von Dunkel und Helle, von Tag und Traum. Die Frauen haben die Kleider abgeworfen auf das Gras und geben den nackten Leib dem doppelten Atem der Luft hin, der kühl und schattenahnend sie zu den Bergen hinsaugen will, und lau und üppig von der Ebene an ihnen hinaufspielt. Aber ihre nackten Füße fühlen durch Gras und Blumen hindurch den feuchten kühlen Erdengrund, fühlen das Glück des Wurzelns in der Erde: und die Frauen beugen sich über den steinernen Brunnen, winden den Eimer aus feuchtem Schacht empor, als wollten sie dem Grund sein selig dunkles Geheimnis so entwinden; aber was sie emporbringen, ist nur klares Wasser; doch sie werden es trinken, werden es kühl durch die Glieder rieseln fühlen, etwas von der Lust der Nymphe fühlen, die drunten sich im Kühlen wälzt. Die Männer aber lagern neben dem Brunnen; sie sind bekleidet, und der doppelte Atem der Luft kann nur ihre Wangen anrühren, auf denen der leichte Schatten ihrer Locken liegt, kann nur mit der weißen Flaumfeder spielen, die der eine auf dem smaragdgrünen Barett trägt: Feder von der Brust des Adlers, der dort rückwärts ferne, ferne zwischen den bläulichen Bergen hinkreist, segelt in den Schattenbuchten der riesigen silberfarbigen Wolke. Der mit dem schönen Barett blickt unverwandt nach jener blauen türmenden Ferne. Schöner ist ihm dieser Anblick als der schöne nackte Leib der Frauen, die leicht und üppig sitzen auf dem feuchtkühlen steinernen Brunnenrand. Süßer ist es ihm, das Gefühl dieser Ferne auszukosten; wie aber kann er es, als indem er sich hinüberträumt unter die Schattenbuchten jener Wolke, indem er wähnt dort zu hängen zwischen Felsrand und Absturz, indem er wähnt der zu sein, der mit blutenden Füßen den Horst des Adlers beschlich, indem er mit den Augen jenes Andern, jenes Rauhen, jenes Armen herüberzustarren wähnt aus jener blauen Ferne, herüber auf den sanften Hügel und auf ihn selber, der üppig hier liegt neben dem marmornen Brunnen, neben dem Korb, dem Früchte entrollen, neben den Frauen, die aus ihren Gewändern glitten, lässig, die Flaumfeder des Adlers auf sma-

Giorgione und Tizian, Das ländliche Konzert, um 1508, nach 1510 von Tizian vollendet

ragdgrünem Barett. So genießt er die Ferne, wie die Frauen die Nähe genießen. Aber die Magie dieses Ortes hat noch andere Zungen, ihre eigene Seligkeit zu schmecken. Da steht ein Lusthaus: es ist nichts als ein Altan, von Säulen getragen; es dient nur einer Lust, der Lust des Schauens nach jener blauen Ferne, nach den Riesenbergen, nach den Wolken, die der Hauch der Riesenberge nährt. Nichts als ein Altan, säulengetragenes Auge, dessen Wimper sich nie schließt. Über das Geländer des Altans ist eine scharlachfarbene Decke gebreitet. Seligkeit des Ortes! Die Decke darf vergessen hangen, die Gewänder glitten auf den Rasen; zum Segel wird die Decke, leicht bläst sie der üppige

Atem der Ebene, der kühle Hauch der Berge wühlt in ihr. So in den Kronen der drei Bäume; selig spielen sie mit der Last der Wipfel: wonach jene Frauen sich sehnen, wonach jene Frauen den Eimer begierig hinablassen, sie haben es von selber, sie saugen es mit den Wurzeln in sich, das dunkle, geheimnisvolle Glück der Erde.

Das Wunder dieses Ortes ist Einklang: Erde und Wolke, Ferne und Nähe, Tag und Traum, hier sind sie eins: die Luft ist wie ein Becken, in das lautlose Ströme von Freude rinnen. Wie selig muß der eine sein, wie vollgesogen mit reinem Glück des Daseins, der das Haupt zurückgelegt hat, den weichen Mund halboffen, den Blick ins Leere, und zuhört, wie der dritte im Schatten des Gebüsches die Laute spielt. Ein einfaches Lied, ein kleiner Akkord der Saiten, die vom Glück so gespannt sind: wie muß es in der Seele zerschmelzen, hinabschnellen in den Abgrund der Seele, wie ein Wölkchen zerschmilzt an der Flanke der Berge, die purpurblau von inneren Gluten leuchten.

Zwischen Wunschtraum
und Wirklichkeit

Theokrit
Idyllen

Daphnis und Menalkas

Daphnis, der liebliche Hirt, ließ hoch im Gebirge die Rinder
weiden. Da traf ihn, so heißt es, der Hüter der Schafe, Menalkas.
Blondhaarig waren sie beide, dem Alter nach beide noch Knaben;
doch sie verstanden die Syrinx zu spielen und munter zu singen.
Und Menalkas begann, den Blick auf Daphnis gerichtet:

»Hüter der brüllenden Rinder, mein Daphnis, möchtest du singen?
Siegen will ich, in allem, was ich im Wettstreite biete.«

Antwort erteilte sogleich ihm Daphnis mit folgenden Worten:
»Hüter der wolligen Schafe, du Bläser der Syrinx, Menalkas,
nie wirst mich du besiegen, was du im Wettstreit auch anstellst!«

Menalkas

Willst du es sehen? Und aussetzen einen gehörigen Kampfpreis?

Daphnis

Ja, das will ich, und aussetzen einen gehörigen Kampfpreis.

Menalkas

Was nun setzen wir aus, das uns befriedigen könnte?

Johann Georg von Dillis, Et in Arcadia ego, um 1790/1800

Daphnis

Ich ein Kälbchen. Du biete ein Lamm, das dem Muttertier gleichsteht.

Menalkas

Niemals kann ich ein Lämmchen aussetzen; Vater und Mutter
halten mich streng, sie zählen am Abend sämtliche Schafe.

Daphnis

Aber was bietest du dann? Was soll der Sieger erhalten?

Menalkas

Hier die Syrinx, die schöne, neunstimmige, die ich mir machte,
gleichmäßig unten und oben verschmiert mit leuchtendem Wachse,
werde ich aussetzen. Vaters Eigentum kann ich nicht bieten.

Daphnis

Ja, ich besitze auch meinerseits eine neunstimmige Syrinx,
gleichmäßig unten und oben verschmiert mit leuchtendem Wachse.
Eben erst habe ich sie verfertigt, noch schmerzt mich mein Finger,
hier – der zertrennte Rohrhalm hat mit dem Rand ihn geschnitten.

Menalkas

Aber wer soll uns als Schiedsrichter dienen, uns anhören beide?

Daphnis

Dort, den Hüter der Ziegen könnten vielleicht wir gewinnen,
dem bei den Böckchen der Wachhund kläfft, das Tier mit der Blesse.
Bittend riefen die Jungen, der Ziegenhirt kam, sie zu hören.
Wetteifernd sangen die Jungen, der Ziegenhirt bot sich zum Schiedsamt.
Nach dem Lose begann der Flötenbläser Menalkas,
Antwort erteilte ihm jeweils im Wechsel des Hirtengesanges
Daphnis. Folgendermaßen begann Menalkas zu singen:

Menalkas

Schluchten und Flüsse, von göttlichem Stamm, sang jemals Menalkas,
der auf der Syrinx spielt, euch zu Gefallen ein Lied,
segnet von Herzen den Lämmern die Weide! Und wenn sie mit seinen
Rindern Daphnis betritt, ernte er gleichen Gewinn!

Daphnis

Quellen und Weiden, ihr köstliches Labsal, wenn Daphnis tatsächlich
ebenso zauberhaft singt, wie es die Nachtigall pflegt,
segnet und mehrt ihm die Herde der Rinder! Falls aber Menalkas
hierher die Schafherde treibt, weide er üppig und froh!

Menalkas

Hier sind Schafe, dort Ziegen, die Zwillinge werfen – hier füllen
Bienen voll Eifer den Stock, ragen die Eichen hochauf:

Henri Laurens, Illustration zu Theokrits Idyllen

Hier, wo der reizende Milon entlanggeht; doch zieht er
  von dannen,
muß verschmachten der Hirt, elend, die Weide mit ihm.

Daphnis

Überall Frühling, überall Weiden, und überall strotzen
Euter von nährender Milch, wachsen die Jungtiere auf:
Dort, wo das reizende Mädchen sich einstellt; doch zieht sie
  von dannen,
schmachtet der Rinderhirt gleich, elend, die Rinder mit ihm.

Menalkas

Bock, du Gefährte der leuchtenden Ziegen, ins Dickicht
des Waldes
ziehe – ihr Stumpfnasen auch, Böckchen, hierher, zum Quell!
Milon verweilt ja dort. Auf, Hornloser, sage: »Mein Milon,
Proteus führte sogar Robben zur Weide, als Gott!«

Daphnis

Weder das Reich des Pelops noch die Talente des Kroisos
will ich besitzen, noch gar Winde besiegen im Lauf,
nur an dem Fuße des Felsens hier singen – dich in den Armen,
unsere Herden im Blick – weit aufs sizilische Meer.

Menalkas

Furchtbar gefährdet der Winter die Bäume, die Dürre das
Wasser,
droht den Vögeln das Seil, Raubtieren tückisch das Netz,
aber dem Mann die Liebe zum reizenden Mädchen. Zeus,
Vater,
nicht nur *ich* war verliebt; Frauen begehrtest auch du.

Derart sangen die Knaben, sich abwechselnd, frisch um
die Wette.
Nunmehr begann Menalkas den Schlußteil folgendermaßen:

Menalkas

Schone die Böckchen, verschone auch, Wolf, die Mütter
der Herde,
tu mir nichts Böses, weil ich, so jung noch, so viele geleite!
Rotschwanz, he, Hund, ein so tiefer Schlummer hält dich
umfangen?

Schlaf nicht so fest, du hütest mit einem Knaben die Herde!
Sättigt, ihr Schafe, euch, ohne zu zögern, am frischgrünen
Futter!
Darben werdet ihr nicht, muß nachwachsen unsere Weide.
Heda, so weidet doch, weidet und füllt euch sämtlich
die Euter,
teils für die Lämmchen, teils zum Verwahren in Körben,
als Käse!

Darauf begann auch Daphnis erneut, hellstimmig, zu singen:

Daphnis

Mich auch erblickte erst gestern, als ich die Kühe vorbeitrieb,
aus der Grotte das Rätzel und pries mich als Schönen, ja,
Schönen!

Freilich, ich gab ihr auch nicht das kürzeste Wörtchen zur
Antwort,
nein, mit gesenktem Blick zog schweigend ich weiter des
Weges.

Wohlig erklingt das Brüllen der Kuh, und wohlig auch
schnauft sie;
wohlig auch brüllt das muntere Kälbchen, und wohlig die
Sterke.

Wohlig auch schläft man sommers im Freien am fließenden
Wasser.
Eicheln schmücken die Eiche, den Apfelbaum prangende
Äpfel,
Kälbchen die milchende Kuh und Rinder den hütenden Hirten.

Derart sangen die Knaben. Der Ziegenhirt sprach jetzt das Urteil:
»Angenehm klingt dein Ausdruck, Daphnis, und lieblich die Stimme.
Deinem Gesange zu lauschen ist süßer, als Honig zu schlecken.
Nimm die Flöten; du hast den Sieg im Wettstreit errungen.
Wünschtest du freilich auch mich beim Hüten der Ziegen ein wenig
singen zu lehren, so biete ich, dort, dir die hornlose Ziege,
die dir beständig bis über den Rand den Melkeimer anfüllt.«

Freude ergriff den Jungen über den Sieg, er vollführte
Sprünge und klatschte: So munter springt um die Hirschkuh das Kälbchen.
Bitterlich grämte sich aber der andre, ihn packte der Kummer:
Ebenso trauert ein Mädchen, das eben die Ehe geschlossen.

Seitdem galt im Kreise der Hirten Daphnis als erster,
führte als Gattin die Quellnymphe heim, noch in blühender Jugend.

Polybios
Geschichte

Die Arkader

Da aber der ganze Stamm der Arkader bei den Griechen wegen seiner vortrefflichen Eigenschaften in einem guten Ruf steht, nicht nur auf Grund ihrer Gastlichkeit und Menschenfreundlichkeit, die ein Zug ihres Wesens ist und sich in ihrem ganzen Verhalten ausprägt, sondern vor allem wegen ihrer Frömmigkeit gegen die Götter, scheint desto notwendiger eine kurze Erörterung des wilden Charakters der Kynaithier: wie es möglich war, daß sie, zweifellos ebenfalls Arkader, so sehr durch Roheit und Ruchlosigkeit von allen Griechen jener Zeit abstachen. Der Grund scheint mir der, daß sie das, was die Ahnen für alle Bewohner Arkadiens ebenso klug ausgedacht wie der Natur entsprechend angeordnet hatten, zuerst und als einzige unter den Arkadern aufgegeben haben. Die Musik nämlich zu üben, ich meine die echte Musik, ist für alle Menschen nützlich, für die Arkader aber geradezu notwendig. Denn es ist ganz verkehrt zu glauben, wie Ephoros in der Einleitung des Gesamtwerkes behauptet – eine Äußerung, die seiner durchaus unwürdig ist –, daß sie eingeführt worden sei, um die Menschen zu täuschen und zu betören. Es hatte vielmehr seinen guten Sinn, daß die alten Kreter und Spartaner statt der Trompete im Krieg die Flöte mit ihrem Rhythmus verwandt haben, und daß die ersten Arkader der Musik eine solche Stelle in ihrem gesamten öffentlichen Leben eingeräumt haben, daß sie nach gesetzlicher Vorschrift nicht nur die Knaben, sondern auch die jungen Männer bis zum dreißigsten Jahr durchs Leben begleitet, so streng und hart dieses Leben sonst ist. Denn das ist allen wohlbekannt, daß fast allein bei den Arkadern erstens die Knaben vom frühesten Alter an gewöhnt werden, die Melodien der Hymnen und Paeane zu singen, mit denen man in jeder Stadt nach Vätersitte die einheimischen Heroen und Götter preist. Dann lernen sie die Weisen des Philoxenos und Timotheos, nach denen sie alle Jahre zum Spiel der dionysischen Flötenspieler im Theater Reigentänze aufführen, Knaben und Jünglinge in den je für sie bestimmten Wettkämpfen. Ebenso suchen sie ihr ganzes Leben hindurch bei den geselligen Zusammenkünften ihre Unterhaltung nicht sowohl in Darbietungen fremder Personen als in eigenem Gesangsvortrag, zu dem sie einander reihum auffordern. Und in anderen Kenntnissen gilt das Eingeständnis der Unwissenheit nicht als Schande, die Kunst des Gesangs dagegen können sie weder abstreiten, denn sie haben sie ja alle lernen müssen, noch dürfen sie, nachdem sie es zugegeben haben, die Aufforderung zu singen abweisen, weil dies bei ihnen schimpflich angesehen wird. Aber auch in Marschliedern unter Flötenbegleitung in Reih und Glied übt sich die Jugend und führt alle Jahre im Theater auf Veranlassung und auf Kosten der Stadt den Bürgern sorgfältig einstudierte Tänze vor. Dies aber haben die Vorfahren, meine ich, eingeführt nicht zur Verweichlichung und des Luxus wegen, sondern weil sie sahen, daß sich die Arkader mit ihrer Hände Arbeit das Brot verdienen müssen, überhaupt wie mühevoll und hart ihr Leben, wie rauh von Natur ihr Wesen ist, eine Folge der zumeist in diesem Lande herrschenden Kälte und der Ungunst des Klimas, das notwendig auch den Charakter der Bewohner prägt. Dies und nichts anderes ist der Grund, daß wir Menschen bei dem großen Abstand nicht nur räumlich, sondern in jeder Beziehung zwischen den Völkern so sehr voneinander verschieden sind an Gestalt, Hautfarbe und Artung, aber auch in unseren Lebensgewohnheiten und Anschauungen. Um also das harte und schroffe Wesen der Arkader zu mildern und zu mäßigen, haben sie all das, was ich genannt habe, eingeführt, dazu die Sitte häufiger Zusammenkünfte zu gemeinsamen Opfern von Männer und Frauen, zu Reigentänzen von Mädchen und Knaben miteinander, kurz, sie taten alles, was sie konnten, um ihre natürliche Wildheit durch Gesittung zu zähmen und zu sänftigen. Die Kynaithier aber mißachteten dies gänzlich, obwohl sie doch eines solchen Mittels mehr als alle anderen bedurft hätten, da sie das härteste Klima von ganz Arkadien haben. Statt dessen gingen sie ganz in politischen Händeln und Streitigkeiten untereinander auf und verwilderten infolgedessen am Ende derart, daß es in keiner griechischen Stadt sonst eine solche Kette scheußlichster Freveltaten gegeben hat. Kennzeichnend für den Fluch, der dadurch auf ihnen ruhte, und für den Abscheu der übrigen Arkader vor ihren Verbrechen ist dies: Als die Kynaithier kurz nach dem großen Blutbad Gesandte nach Sparta schickten, wiesen alle anderen arkadischen Städte, die sie auf dem Wege berührten, sie auf der Stelle aus, die Mantineer aber nahmen nach ihrem Fortgang sogar eine rituelle Reinigung und Entsühnung vor und veranstalteten mit Opfertieren einen Umgang um die Stadt und das ganze Land.

Das Vorstehende habe ich geschrieben, damit nicht wegen einer Stadt die Arkader im ganzen in Verruf geraten, zugleich, damit nicht der eine oder andere von den Arkadern meint, wenn die Musik bei ihnen besonders gepflegt wird, so sei dies ein Zeichen von Luxus, und infolgedessen auf den Gedanken kommt, diesen Kunstzweig verkümmern zu lassen, endlich auch um der Kynaithier willen, damit sie, falls die Gottheit ihnen einmal wieder bessere Tage schenken sollte, sich edler Bildung, vor allem der Musik zuwenden, um ihre veredelnde Wirkung zu erfahren. Denn so allein könnten sie vielleicht die Verwilderung überwinden, die sie damals gezeigt haben. Wir aber wollen nach dem Exkurs über das Schicksal der Kynaithier den Faden unserer Erzählung wieder aufnehmen.

Sir Philip Sidney
Arcadia

Seltsames Land

Über drey Tage hernach / früh Morgens / als der Himmel wegen herbeynahung der lieben Sonnen / gleichsam mit Lilien und Rosen auffs lieblichste bestrewet war / und die holdseligen Nachtigallen mit einander in die Wedt sungen / die Süssigkeit ihrer Liebesregung an daß Liecht zu geben / erwachten sie under einem Baum / der ihnen diese verwichene Nacht an statt einer Zelten gedient hatte / namen ihren Weg wider für die Handt / der nunmehr mit tausendterley lieblichen und schönen Fürstellungen dem bekümmerten Mussidoro seine Augen wider erquickte / welche schier müde waren lenger anzusehen die elende Verherung deß Laconischen Landes. Denn hier sahe man ein schönes Gebirg / dessen oberste Gipffel mit unzahlbarer Menge hoher Bäum besetzt und geziert waren; Dorten war man gewahr der lustigen Thäler / welche ob sie gleich von nidriger Art / erstatteten sie doch allen Abgang mit holdseligen / frischen und silber klaren Wasserquellen / die ihre Cristalline Feuchtigkeit hin unnd wider schön schlangenweiß / durch die weite / und von allerhand Farb Blümlein zierlich gemalte Wiesen und grüne Awen außtheilten. Darbey waren lustige Gehöltz und Wäldlein /

Illustration zum Ersten Buch von Sidneys »Arcadia«, 1643

in welchen das süsse Gesang und annembliche Melodey tausendterley kleiner Vögelein / so darinnen umbflogen / den kühlen Schatten noch viel holdseliger und lieblicher machten. Mit einem Wort / sahe man in dieser Gegend ein unzahlbare Menge schöner gesunder Viehweyde / beneben sehr viel Herden Schafe / so das grüne Graß in guter Ruhe und Sicherheit abätzten / dabey die kleinen zarten Lämblein herumb lieffen / unnd ihren Müttern nach bläckten. Hier saß ein Schäfer sonder einige Sorg / und spielte auff seiner Sackpfeiffen; Dorten spann eine Schäferin / und sang zugleich dermassen lieblich / daß es nit anders schiene /

als ob sie ihre eigene Stimm in wärender Handarbeit erquickete / unnd hinwiderumb ihre Händ der Stimme wohlklingenden Melodey den Tact hielten. Was denn belangt die Häuser in dieser Landsart / deren sie viel ansichtig wurden / waren solche zwar hin unnd wider zerstrewet / doch nicht so weit / daß im fall der Noth eines dem andern nicht hette können zu Hülff kommen. Kurtz / war da zu sehen das lebhaffte Conterfaith / so wol einer einsamen Wohnung / als einer bewohnten Einöde.

Mussidor begundte seine Augen (welche er vor schmertzlichem Hertzenleyde so lange Zeit beschlossen gehalten) widerumb zu öffnen / und sagte: Lieber / ich bitt euch / sagt mir doch / was diß für ein seltzames Land ist / von so gar ungleichem Grundt unnd Boden / deren der eine an Überfluß keinen Mangel / der andere aber an lauterm Mangel und Armuthey einen Überfluß hat?

Darauff antwortet Claius: Mein Herr / das jenige Landt / wohin euch das Meer außgeworffen / und wir solches biß daher durchwandert haben / wird Laconia genandt / sehr arm und dürfftig / nicht allein wegen seiner Unfruchtbarkeit (obs zwar auch an Wachsthumb der besten keines ist) sondern vielmehr wegen der innerlichen und Bürgerlichen Kriege / zwischen dem Adel und der Bawerschafft / welche sie Heloten nennen. Dann diese bey zwey Jahren her das Regiment und gemeine Wesen dermassen zerrüttet / daß das ganze Landt darüber seine Gestalt verendern müssen und fast nicht mehr weiß / was Gastfrey seyn für eine Tugend ist. Dann die Stätte / so wol auff der einen als der andern Seiten / öffnen den Außländischen und Frembden ihre Thor nit gern / wie hingegen widerumb frembde Leuthe eben so ungern und anderer Gestalt nicht als mit Forchten hinein kommen / sich allzeit besorgend / sie möchten für das Gegentheil angesehen und gefangen werden. Diß Land aber / darinnen ihr jetzunder seyd / ist Arcadia / welches durch gute Gunst deß Himmels nun eine geraume Zeit hero den edlen Frieden / beneben dem Sohn deß Friedens / welcher ist ein gute wol ersprießliche Haußhaltung / ernehret hat. Deß Kalanders Sitz und Wohnung / dahin wir euch zu begleyten verhoffen / ist nicht mehr weit von hier. Die andern Häusser / welche ihr hier also zerstrewet liegen sehet / gehören solchen Leutlein zu / die mit uns gleichen Standts und einerley Wesens seyn / sich nemblich ernehren von täglicher Nutzung ihrer Herd und Schäffereyen / daher sie auch nach Underscheyde deß Standts / in Arcadien Hirten oder Schäffer genennet werden. Ist in Warheit ein recht glückseliges Volck / dem desto minder mangelt / weil es nicht viel begehrt.

Johann Peter Uz
Der Schäfer

Arkadien! sei mir gegrüßt!
Du Land beglückter Hirten,
Wo unter unentweihten Myrten
Ein zärtlich Herz allein noch rühmlich ist!

Ich will mit sanftem Hirtenstab
Hier meine Schafe weiden.
Hier, Liebe! schenke mir die Freuden,
Die mir die Stadt, die stolze Stadt nicht gab.

Wie schäfermäßig, wie getreu
Will ich Climenen lieben,

Antoine Watteau, Der Tanz, um 1719

Bis meinen ehrfurchtvollen Trieben
Ihr Mund erlaubt, daß ich ihr Schäfer sei!

Welch süßem Traume geb ich Raum,
Der mich zum Schäfer machet!
Die traurige Vernunft erwachet:
Das Herz träumt fort und liebet seinen Traum.

Salomon Geßner
Idyllen

Palemon

Wie lieblich glänzt das Morgenrot durch die Haselstaude und die wilden Rosen am Fenster! Wie froh singt die Schwalbe auf dem Balken unter meinem Dach! und die kleine Lerche in der hohen Luft! Alles ist munter, und jede Pflanze hat sich im Tau verjüngt; auch ich, auch ich scheine verjüngt; mein Stab soll mich Greisen vor die Schwelle meiner Hütte führen, da will ich mich der kommenden Sonne gegenüber setzen, und über die grünen Wiesen hinsehn. O wie schön ist alles um mich her! Alles, was ich höre, sind Stimmen der Freude und des Danks. Die Vögel in der Luft und der Hirt auf dem Felde singen ihr Entzücken; auch die Herden brüllen ihre Freude von den grasreichen Hügeln und aus dem durchwässerten Tal. O wie lang, wie lang, ihr Götter! soll ich noch eurer Gütigkeit Zeuge sein? Neunzig mal hab' ich jetzt den Wechsel der Jahreszeiten gesehn, und wenn ich zurück denke, von jetzt bis zur Stunde meiner Geburt, eine weite liebliche Aussicht, die sich am Ende mir unübersehbar in reiner Luft verliert, o wie wallet dann mein Herz auf! Ist das Entzücken, das meine Zunge nicht stammeln kann, sind meine Freudentränen, ihr Götter! nicht ein zu schwacher Dank? Ach! fliesset ihr Tränen! fliesset die Wangen herunter! Wenn ich zurück sehe, dann ists, als hätt' ich nur einen langen Frühling gelebt; und meine trüben Stunden waren kurze Gewitter; sie erfrischen die Felder und beleben die Pflanzen. Nie haben schädliche Seuchen unsre Herde gemindert; nie hat ein Unfall unsre Bäume verderbt; und bei dieser Hütte hat nie ein

Johann Heinrich Lips, Der Morgen, 1805

langwierig Unglück geruht. Entzückt sah ich in die Zukunft hinaus, wenn meine Kinder lächelnd auf meinem Arm spielten, oder wenn meine Hand des plappernden Kindes wankenden Fußtritt leitete. Mit Freudentränen sah ich in die Zukunft hinaus, wenn ich diese jungen Sprossen aufkeimen sah; ich will sie vor Unfall schützen, ich will ihres Wachstums warten, sprach ich, die Götter werden die Bemühung segnen: sie werden emporwachsen und herrliche Früchte tragen, und Bäume werden, die mein schwaches Alter in erquickenden Schatten nehmen. So sprach ich, und drückte sie an meine Brust, und jetzt sind sie voll Segen emporgewachsen, und nehmen mein graues Alter in erquickenden Schatten. So wuchsen die Apfelbäume und die Birnenbäume und die hohen Nußbäume, die ich als Jüngling um die Hütte gepflanzt habe, hoch empor; sie tragen die alten Äste weit umher und nehmen die kleine Wohnung in erquickenden Schatten. Dies, dies war mein heftigster Gram, o Mirta! da du an meiner bebenden Brust in meinen Armen starbst. Zwölf mal hat jetzt der Frühling dein Grab mit Blumen geschmückt; aber der Tag naht, ein froher Tag! da meine Gebeine zu den deinen werden hingelegt werden; vielleicht führt ihn die kommende Nacht herbei! O! Ich seh' es mit Lust, wie mein grauer Bart schneeweiß über meine Brust herunter wallt. Ja spiele mit dem weißen Haar auf meiner Brust, du kleiner Zephir! der du mich umhüpfst; er ist es so wert, als das goldene Haar des frohen Jünglings, und die braunen Locken am Nacken des aufblühenden Mädchens. O dieser Tag soll mir ein Fest der Freude sein! Ich will meine Kinder um mich her sammeln, bis auf den kleinen stammelnden Enkel, und will den Göttern opfern; hier vor meiner Hütte sei der Altar; ich will mein kahles Haupt umkränzen, und mein schwacher Arm soll die Leier nehmen, und dann wollen wir, ich und meine Kinder, um den Altar her Loblieder singen; dann will ich Blumen über meine Tafel streuen, und unter frohen Gesprächen das Opferfleisch essen.

So sprach Palemon, und hub sich zitternd an seinem Stab auf, und rief die Kinder zusammen, und hielt den Göttern ein frohes Fest.

Matthias Claudius
Die Schäfer um den Brunnen

Einst hatten sich an einem schwülen Sommertage drei Schäfer um eine klare Quelle gelagert. Sie saßen hier voll jugendlicher Freude, und lachten, und aus der Quelle lachte einem jeden ein Schäfer freudig entgegen. Sie erzähleten sich einander, und die Schäfer in der Quelle erzähleten sich auch einander. Sie erzähleten sich die Geschichte dieser Quelle, und wie gesund ihr Wasser der Herde, und den Namen der Göttin, der sie heilig war. Doris, die hinter dem nahen Gebüsche lauschte, sahe itzt über dem Gebüsche in die Quelle. »Das ist die Göttin dieser Quelle«, riefen alle Schäfer, indem sie das Bild der Doris im Wasser sahen, »laßt uns der Göttin zu Ehren ein Lied singen.«

Der erste Schäfer

O seht die schöne Göttin hier!
Wie schön, wie sanft sind ihre Blicke!
Allmächtig wie Cytherens Blicke!
Ich fühl's, ihr Schäfer fühlt's mit mir.

Der zweite Schäfer

Unsterblich ist die zarte Wange,
Für Sterbliche ist sie zu schön,
Kein Gott kann ihrem Reize widerstehn,
Er küßt sie still, die schöne Wange,
Und seufzt, und nennt die Göttin schön.

Salomon Geßner, Der arkadische Brunnen, 1781

Der dritte Schäfer

Du Aug sieh her, hier liege ich
In himmlischem Gefühl verloren!
O dieser Blick – – zum Gott hat mich
Dies braune Auge umgeboren.
Ich fühl's, ich bin kein Schäfer mehr.
O dieser Blick – – ihr Schäfer, seht doch her!

Alle Schäfer

Für einen Kuß, dadurch wir glücklich werden,
Nimm gerne alle unsre Herden.

»Gebt her, ihr Schäfer«, rief Doris, indem sie lachend hinter dem Gebüsche hervortrat, »gebt her, und ihr mögt mich küssen.« Und sie erkaufte sich die Herden von den Schäfern. Und nun sprach sie, »ihr Schäfer, ich gebe einem jeden seinen Herden wieder.

Doch nicht umsonst für eure Wahl
Küßt alle drei mich noch einmal.«

Friedrich Schiller
Über naive und sentimentalische Dichtung

Idylle

Also auch hier in der Idylle, wie in allen andern poetischen Gattungen, muß man einmal für allemal zwischen der Individualität und der Idealität eine Wahl treffen, denn beiden Forderungen zugleich Genüge leisten wollen, ist, solange man nicht am Ziel der Vollkommenheit stehet, der sicherste Weg, beide zugleich zu verfehlen. Fühlt sich der Moderne griechischen Geistes genug, um bei aller Widerspenstigkeit seines Stoffs mit den Griechen auf ihrem eigenen Felde, nämlich im Felde naiver Dichtung, zu ringen, so tue er es ganz und tue es ausschließend und setze sich über jede Forderung des sentimentalischen Zeitgeschmacks hinweg. Erreichen zwar dürfte er seine Muster schwerlich; zwischen dem Original und dem glücklichsten Nachahmer wird immer eine merkliche Distanz offenbleiben, aber er ist auf diesem Wege doch gewiß, ein echt poetisches Werk zu erzeugen. Treibt ihn hingegen der sentimentalische Dichtungstrieb zum Ideale, so verfolge er auch dieses ganz, in völliger Reinheit, und stehe nicht eher als bei dem Höchsten stille, ohne hinter sich zu schauen, ob auch die Wirklichkeit ihm nachkommen möchte. Er verschmähe den unwürdigen Ausweg, den Gehalt des Ideals zu verschlechtern, um es der menschlichen Bedürftigkeit anzupassen, und den Geist auszuschließen, um mit dem Herzen ein leichteres Spiel zu haben. Er führe uns nicht rückwärts in unsre Kindheit, um uns mit den kostbarsten Erwerbungen des Verstandes eine Ruhe erkaufen zu lassen, die nicht länger dauern kann als der Schlaf unsrer Geisteskräfte;

Joseph Anton Koch, Heroische Landschaft mit Regenbogen, 1805

sondern führe uns vorwärts zu unsrer Mündigkeit, um uns die höhere Harmonie zu empfinden zu geben, die den Kämpfer belohnet, die den Überwinder beglückt. Er mache sich die Aufgabe einer Idylle, welche jene Hirtenunschuld auch in Subjekten der Kultur und unter allen Bedingungen des rüstigsten feurigsten Lebens, des ausgebreitetsten Denkens, der raffiniertesten Kunst, der höchsten gesellschaftlichen Verfeinerung ausführt, welche, mit einem Wort, den Menschen, der nun einmal nicht mehr nach *Arkadien* zurückkann, bis nach *Elysium* führt.

Johann Wolfgang von Goethe
Wilhelm Tischbeins Idyllen

VI.

Alle kunstreichen idyllischen Darstellungen erwerben sich deshalb die größte Gunst, weil menschlich-natürliche, ewig wiederkehrende, erfreuliche Lebenszustände einfach-wahrhaft vorgetragen werden, freilich abgesondert von allem Lästigen, Unreinen, Widerwärtigen, worein wir sie auf Erden gehüllt sehn. Mütterliche, väterliche Verhältnisse zu Kindern, besonders zu Knaben, Spiel- und Naschlust der Kleinen, Bildungstrieb, Ernst und Sorge der Erwachsenen, das alles spiegelt sich gar lieblich gegeneinander. Diesem Sinne gemäß finden wir in der sogenannten heiligen Familie einen idyllischen Gegenstand, erhoben zu frommer Würde, und deshalb doppelt und dreifach ansprechend.

Hiernach also haben wir dem sechsten Bilde folgenden Vers zur Seite geschrieben:

Heute noch im Paradiese
Weiden Lämmer auf der Wiese,
Hüpft von Fels zu Fels die Ziege;
Milch und Obst nach ewger Weise
Bleibt der Alt- und Jungen Speise.
Mutterarm ist Kinderwiege,

Vaterflöte spricht ans Ohr,
Und Natur ists nach wie vor;
Wo ihr huldiget der Holden,
Erd und Himmel silbern, golden.
Darum Heil dem Freunde sei,
Der sich fühlt so treu und frei!

Nun zur nähern Beschreibung des Dargestellten! Eine junge, im blauen Gewand knieende Frau schaut, eine Ziege melkend, aus dem Bilde heraus, mit vollem, freundlichen Angesicht. Es ist aber keineswegs der Zuschauer, nach welchem sie sich umsieht: ihr Geschäft verrichtend, horcht sie vielmehr auf die Bitte des Kindes, das, an ihrem Rücken, nach der eben quillenden unschuldigen Nahrung verlangt. Vorwärts liegen und sitzen drei

Johann Heinrich Wilhelm Tischbein, Satyr-Familie, 1819/20

Knaben um eine Schale, eben gemolkene Milch schlürfend, ohne weiteres Hülfsmittel als begierige Lippen. Hinterwärts am Baume sitzt ein Faun, den Schlauch unter dem rechten Arme, mit linker Hand hinaufreichend, als wolle er Früchte von den Knaben, die auf dem Aste schweben, empfangen und der Familie einen willkommenen Nachtisch bereiten.

In der Ferne sieht man vor einer Höhle Feuer angezündet, um den heiteren, kühlen Morgen für die Umsitzenden zu erwärmen; die Felsengrotte aber zunächst ist hoch, tief und geräumig, wie sie vor Stürmen und unfreundlicher Jahrszeit zu schützen hinreichend sein möchte. Und so ist auch das Troglodytische anzudeuten nicht vergessen, als nächstes Hauptbedingnis eines solchen halb wahren, halb poetischen Naturzustandes.

Et in Arcadia ego

Grab des Daphnis, 1502

Vergil
Hirtengedichte

Tod des Daphnis

Daphnis, den grausam vom Tode Entrafften, beweinten die Nymphen –
Haselnußbüsche und Flüsse, ihr dientet als Zeugen den Tränen;
innig umarmte die Mutter den traurigen Leichnam des Sohnes,
nannte gefühllos die Götter und nannte gefühllos die Sterne.
Keiner der Hirten trieb in diesen Tagen die Rinder
satt von der Weide zum kühlenden Flusse, mein Daphnis, und keines

unter den Tieren trank aus dem Wasser und rupfte die Kräuter.
Daphnis, dein Sterben beklagten sogar die punischen Löwen,
wie uns die Berge und Wälder berichten. Lehrmeister wurde
Daphnis für uns, armenische Tiger vor Wagen zu schirren,
lehrte uns auch die festlichen Reigen zu Ehren des Bacchus,
dazu das Schwingen der efeu- und weinlaubumwundenen
Stäbe.
Schmücken die Weinreben Bäume, die Trauben aber die Rebe,
Stiere die Herde und Saaten die fruchtbare Flur, so bedeutest
du für die Deinen den einzigen Schmuck. Als der Tod dich
ereilte,
ließen Pales, Apollo mit ihr, die Fluren im Stiche.
Furchen, in die wir so oft großkörnige Gerstensaat streuten,
lassen jetzt giftigen Lolch und wertlosen Wildhafer sprießen.
Weder die zarten Levkojen noch purpurroten Narzissen
wachsen, nein, Disteln und der von Stacheln starrende
Kreuzdorn.
Hirten, bestreut den Boden mit Blättern, Schatten verbreitet
über die Quellen – das fordert Daphnis als würdige Ehrung –,
schüttet den Grabhügel auf und beschriftet den Stein mit
den Versen:
»Hier ruht Daphnis, Bewohner der Wälder, bekannt auch
den Sternen,
Hüter des stattlichen Viehs, indessen noch stattlicher selber.«

Johann Georg Jacobi
Die Winterreise

So ungern ich mein ganzes Leben hindurch weinen möchte; so glaub' ich doch, daß man eben so wenig immer lachen muß. Wenn ich auf schönen Fluren einen Leichenstein antreffe, mit der Überschrift: *Auch ich war in Arkadien*; so zeig' ich den Leichenstein meinen Freunden; wir bleiben stehen, drücken uns die Hand, und gehen weiter.

Guercino, Et in Arcadia ego, 1618

Christian Cajus Laurenz Hirschfeld
Theorie der Gartenkunst

Von Statuen, Monumenten und Inschriften

Urnen und Grabmäler können schon aus dem Grunde in dunkeln und melancholischen Revieren der Gärten schickliche Gegenstände sein, weil sie dem Charakter und den Wirkungen dieser Gegenden so natürlich zustimmen. Allein sie verstärken nicht bloß überhaupt den Eindruck der melancholischen Gegend, sondern erwecken auch Ideen und Empfindungen, welche die melancholische Gegend für sich nicht so bestimmt hervorbringen kann. Sie machen den Anschauer schon auf den ersten Blick aufmerksam; er wird unter einer bangen Ahnung herbeigelockt; Verehrung, Liebe, Verbindung, Trennung, Tränen, Sehnsucht, Schmerz, alle diese rührenden Vorstellungen drängen sich seiner Seele entgegen; er tritt näher, sieht, liest; er hört die stumme Klage der Freundschaft, und stimmt bald mit ein; und indem er in das sympathetische Gefühl dahinfließt, empfindet er wieder, was auch er einst verlor, und was vielleicht bald sein Freund oder seine Gattin an ihm selbst verlieren wird; ein Gemisch von melancholischem Schauer, von sanfter Wehmut, von zärtlichem Verlangen, und von dunklen Hoffnungen durchwallt sein Herz; und mit einem Seufzer, der die ganze Fülle von Bewegungen verrät, schleicht er davon. Mehr noch müssen solche wirkliche Denkmäler in Gärten rühren, als Poussins berühmtes Gemälde »Arkadien«, das mitten in einer reizenden Landschaft das Grabmal einer jungen Schäferin vorstellt, die in der Blüte ihres Alters gestorben ist. Die Grabinschrift besteht bloß aus diesen Worten: *Et in Arcadia ego!* Aber diese kurze In-

Nicolas Poussin, Et in Arcadia ego, um 1630

Nicolas Poussin, Et in Arcadia ego, um 1640/45

schrift erweckt die ernsthaftesten Betrachtungen in zwei Jünglingen und zwei Mädchen, die mit Blumenkränzen geschmückt sind, und, wie es scheint, dieses traurige Denkmal von ungefähr an einem Orte angetroffen haben, wo sie keinen solchen Gegenstand aufsuchten. Einer von ihnen läßt die übrigen diese Inschrift bemerken, indem er mit dem Finger dahin zeigt, und man nimmt in ihren Gesichtern, durch den Schmerz, der sich ihrer bemächtigt, nun nichts mehr, als die letzten Überreste einer sterbenden Freude wahr. Man glaubt die Betrachtungen zu hören, die diese jungen Personen über den Tod machen, der weder des Alters, noch der Schönheit schont, und vor dem die glücklichsten Himmelsgegenden keine Freistätte haben.

Friedrich Schiller
Resignation

Eine Phantasie

Auch ich war in Arkadien geboren,
Auch mir hat die Natur
An meiner Wiege Freude zugeschworen,
Auch ich war in Arkadien geboren,
Doch Tränen gab der kurze Lenz mir nur.

Des Lebens Mai blüht einmal und nicht wieder,
Mir hat er abgeblüht.
Der stille Gott – o weinet, meine Brüder –
Der stille Gott taucht meine Fackel nieder,
Und die Erscheinung flieht.

Da steh ich schon auf deiner Schauerbrücke,
Ehrwürdge Geistermutter – Ewigkeit.
Empfange meinen Vollmachtbrief zum Glücke,
Ich bring ihn unerbrochen dir zurücke,
Mein Lauf ist aus. Ich weiß von keiner Seligkeit.

Vor deinem Thron erheb ich meine Klage,
Verhüllte Richterin.
Auf jenem Stern ging eine frohe Sage,
Du thronest hier mit des Gerichtes Waage
Und nennest dich Vergelterin.

Hier – spricht man – warten Schrecken auf den Bösen,
  Und Freuden auf den Redlichen.
Des Herzens Krümmen werdest du entblößen,
Der Vorsicht Rätsel werdest du mir lösen
  Und Rechnung halten mit dem Leidenden.

Hier öffne sich die Heimat dem Verbannten,
  Hier endige des Dulders Dornenbahn.
Ein Götterkind, das sie mir *Wahrheit* nannten,
Die meisten flohen, wenige nur kannten,
  Hielt meines Lebens raschen Zügel an.

»Ich zahle dir in einem andern Leben,
  Gib deine Jugend mir!
Nichts kann ich dir als diese Weisung geben.«
Ich nahm die Weisung auf das andre Leben,
  Und meiner Jugend Freuden gab ich ihr.

»Gib mir das Weib, so teuer deinem Herzen,
  Gib deine Laura mir.
Jenseits der Gräber wuchern deine Schmerzen.« –
Ich riß sie blutend aus dem wunden Herzen
  Und weinte laut und gab sie ihr.

»Du siehst die Zeit nach jenen Ufern fliegen,
  Die blühende Natur
Bleibt hinter ihr – ein welker Leichnam – liegen.
Wenn Erd und Himmel trümmernd auseinanderfliegen,
  Daran erkenne den erfüllten Schwur.«

Johann Christian Reinhart, Arkadische Landschaft,
»meinem lieben Schiller gewidmet«, 1787

»Die Schuldverschreibung lautet an die Toten«,
  Hohnlächelte die Welt,
»Die Lügnerin, gedungen von Despoten,
Hat für die Wahrheit Schatten dir geboten,
  Du bist nicht mehr, wenn dieser Schein verfällt.«

Frech witzelte das Schlangenheer der Spötter:
  »Vor einem Wahn, den nur Verjährung weiht,
Erzitterst du? Was sollen deine Götter,
Des kranken Weltplans schlau erdachte Retter,
  Die Menschenwitz des Menschen Notdurft leiht?

Ein Gaukelspiel, ohnmächtigen Gewürmen
Vom Mächtigen gegönnt,
Schreckfeuer, angesteckt auf hohen Türmen,
Die Phantasie des Träumers zu bestürmen,
Wo des Gesetzes Fackel dunkel brennt.

Was heißt die Zukunft, die uns Gräber decken?
Die Ewigkeit, mit der du eitel prangst?
Ehrwürdig nur, weil schlaue Hüllen sie verstecken,
Der Riesenschatten unsrer eignen Schrecken
Im hohlen Spiegel der Gewissensangst;

Ein Lügenbild lebendiger Gestalten,
Die Mumie der Zeit,
Vom Balsamgeist der Hoffnung in den kalten
Behausungen des Grabes hingehalten,
Das nennt dein Fieberwahn – Unsterblichkeit?

Für Hoffnungen – Verwesung straft sie Lügen –
Gabst du *gewisse* Güter hin?
Sechstausend Jahre hat der Tod geschwiegen,
Kam je ein Leichnam aus der Gruft gestiegen,
Der Meldung tat von der Vergelterin?« –

Ich sah die Zeit nach deinen Ufern fliegen,
Die blühende Natur
Blieb hinter ihr, ein welker Leichnam, liegen,
Kein Toter kam aus seiner Gruft gestiegen,
Und fest vertraut ich auf den Götterschwur.

All meine Freuden hab ich dir geschlachtet,
  Jetzt werf ich mich vor deinen Richterthron.
Der Menge Spott hab ich beherzt verachtet,
Nur *deine* Güter hab ich groß geachtet,
  Vergelterin, ich fordre meinen Lohn.

»Mit gleicher Liebe lieb ich meine Kinder,«
  Rief unsichtbar ein Genius.
»Zwei Blumen«, rief er, »– hört es, Menschenkinder –
Zwei Blumen blühen für den weisen Finder,
  Sie heißen *Hoffnung* und *Genuß*.

Wer dieser Blumen *eine* brach, begehre
  Die andre Schwester nicht.
Genieße, wer nicht glauben kann. Die Lehre
Ist ewig wie die Welt. Wer glauben kann, entbehre.
  Die Weltgeschichte ist das Weltgericht.

Du hast *gehofft,* dein Lohn ist abgetragen,
  Dein *Glaube* war dein zugewognes Glück.
Du konntest deine Weisen fragen,
Was man von der Minute ausgeschlagen,
  Gibt keine Ewigkeit zurück.«

Friedrich Hölderlin
Hyperion

Verlorenes Paradies

Wohl dem, Bellarmin! wohl dem, der sie überstanden hat, diese Feuerprobe des Herzens, der es verstehen gelernt hat, das Seufzen der Kreatur, das Gefühl des verlornen Paradieses. Je höher sich die Natur erhebt über das Thierische, desto grösser die Gefahr, zu verschmachten im Lande der Vergänglichkeit!

Aber Eines hab ich dir noch mitzutheilen, brüderliches Herz!

Ich fürchtete mich noch vor gewissen Erinnerungen, als wir uns fanden über den Trümmern des alten Roms. Unser Geist gleitet so leicht aus seiner Bahn; müssen wir doch oft dem Säuseln eines Blatts entgehen, um ihn nicht zu stören in seinem stillen Geschäfte!

Jezt kann ich wohl manchmal spielen mit den Geistern vergangner Stunden.

Mein alter Freund, der Frühling, hatte mich überrascht in meiner Finsterniss. Sonst hätt' ich ihn noch von ferne gefühlt, wenn die erstarrten Zweige sich regten, und ein lindes Wehen meine Wange berührte. Sonst hätt' ich für jedes Weh Linderung von ihm gehofft. Aber das Hoffen und Ahnden war allmählich aus meiner Seele verschwunden.

Jezt war er da, in aller Glorie der Jugend.

Mir war, als sollt' ich doch auch wieder fröhlich werden. Ich öfnete meine Fenster und kleidete mich, wie zu einem Feste. Er sollte auch mich besuchen, der himmliche Fremdling.

Ich sah, wie alles hinausströmte ins Freie, auf's freundliche

Philipp Otto Runge, Quelle und Dichter, 1805

Meer von Smyrna, und sein Gestade. Sonderbare Erwartungen regten sich in mir. Ich gieng auch hinaus.

Da zeigte sich recht die Allmacht der Natur. Fast jedes Gesicht war herzlicher; überall wurde offner gescherzt, und wo man sich sonst recht feierlich begrüsst hatte, bot man sich jezt die Hände. Alles verjüngte und begeisterte der herrliche süsse Frühling.

Der Hafen wimmelte von jauchzenden Schiffen, wo Blumenkränze wehten, und Chierwein blinkte, die Myrthenlauben tönten von fröhlichen Melodien, und Tanz und Spiel durchrauschte die Ulmen und Platanen.

Ach! ich suchte mehr, als das. Das konnte nicht vom Tode retten. Unwillkührlich, verloren in meinem Gram, kam ich in den Garten des Gorgonda Notara, meines Bekannten. –

Ein Rauschen aus einem Seitengange störte mich auf. –

Ach! mir – in diesem schmerzlichen Gefühl meiner Einsamkeit, mit diesem freudeleeren blutenden Herzen – erschien mir *Sie*; hold und heilig, wie eine Priesterin der Liebe stand sie da vor mir; wie aus Licht und Duft gewebt, so geistig und zart; über dem Lächeln voll Ruh' und himmlischer Güte thronte mit eines Gottes Majestät ihr grosses begeistertes Auge, und, wie Wölkchen ums Morgenlicht, wallten im Frühlingswinde die goldnen Loken um ihre Stirne.

Mein Bellarmin! könnt' ich dir's mittheilen, ganz und lebendig, das Unaussprechliche, das damals vorgieng in mir! – Wo waren nun die Leiden meines Lebens, seine Nacht und Armuth? Die ganze dürftige Sterblichkeit?

Gewiss, er ist das höchste und seeligste, was die unerschöpfliche Natur in sich fasst, ein solcher Augenblik der Befreiung! Er wiegt Aeonen unsers Pflanzenlebens auf! Tot war mein irrdisches Leben, die Zeit war nicht mehr, und entfesselt und auferstanden fühlte mein Geist seine Verwandtschaft und seinen Ursprung.

Jahre sind vorüber; Frühlinge kamen und giengen; manch herrlich Bild der Natur, manche Reliquie deines Italiens, aus himmlischer Phantasie hervorgegangen, erfreute mein Auge; aber das meiste verwischte die Zeit; nur Ihr Bild ist mir geblieben, mit allem, was mit ihm verwandt ist. Noch steht sie da vor mir, wie in dem heiligen trunknen Momente, da ich sie fand; ich press' es an mein glühendes Herz, das süsse Phantom; ich höre ihre Stimme, das Lispeln ihrer Harfe; wie ein friedlich Arkadien, wo Blüthe und Saat in ewig stiller Luft sich wiegt, wo ohne des Mittags Schwüle die Ernte reift, und die süsse Traube gedeiht, wo keine Furcht das sichere Land umzäunt, wo man von nichts weis, als von dem ewigen Frühling der Erde, und dem wolkenlosen Himmel und seiner Sonne, und seinen freundlichen Gestirnen, so stehet es offen da vor mir, das Heiligtum ihres Herzens und Geistes.

Melite! o Melite! himmlisches Wesen!

Ich möchte wohl wissen, ob sie meiner noch zuweilen gedächte. Sie bedauert mich vieleicht. Ich werde sie wiederfinden, in irgend einer Periode des ewigen Daseyns. Gewiss! was sich verwandt ist, kann sich nicht ewig fliehen.

Ach! der Gott in uns ist immer einsam und arm. Wo findet er alle seine Verwandten? Die einst da waren, und da seyn werden? Wann kömmt das grosse Wiedersehen der Geister? Denn einmal waren wir doch, wie ich glaube, alle beisammen.

Gute Nacht, Bellarmin, gute Nacht!

Morgen werd' ich ruhiger erzählen.

William Blake, Die Pastoralen Vergils, 1821

Ingeborg Bachmann
Auch ich habe in Arkadien gelebt

Aber eines Tages war meine Zeit um, und ich nahm Abschied. Es war spät im Herbst. Aus den Büschen fielen faule Beeren, und die Schafe kamen die Hügel herunter, frierend und hungrig, denn über Nacht hatte der Wind das Gras aus den Bergwiesen gespült und an die felsigen Ufer geworfen. Auf silbernen Geleisen – zwei letzten Sonnenstrahlen – trug mich der Zug fort. In der Nacht erreichte ich die Grenze. Die Zollbeamten beschlagnahmten mein Gepäck, und als ich mein Geld umwechseln wollte, bedeutete man mir, daß hier eine andere Währung galt. Bedauerlicherweise war zwischen meiner Heimat und den anderen Ländern kein Abkommen getroffen worden, das einen Kurs festsetzte. Also war auch mein Geld wertlos.

Aber ich verlor den Mut nicht. Schon in der ersten Stadt lernte ich viele freundliche Menschen kennen; sie halfen mir, wo sie konnten, und ich fand bald Arbeit in einer Fabrik. Später ging ich zu einer Straßenbaufirma. Es war Frühling, und es war die erste Straße, die ich sah, eine wunderbare Straße, die die schwersten Fahrzeuge trug, eine große, herrliche Straße, auf der man bis ans Meer fahren konnte. Aber das Meer war weit, und es lagen viele Stationen davor, kleinere Städte und sehr große; auch eine Weltstadt war darunter. Einige Chronisten dieser Stadt sprachen die Vermutung aus, daß sie sich auf den Ruinen des alten Babylon erhebe, aber ihre beglaubigte Geschichte schien mir blaß und nichtig vor ihrer Gegenwart.

Diese Stadt ließ mich nicht mehr los, denn alles, was ich tat – ob ich nun an der Börse spielte, Maschinen baute oder den Ertrag von Plantagen zu steigern versuchte –, war so merkbar von

Giovanni Segantini, Träumendes Hirtenmädchen, 1886/87

Erfolg begleitet, daß es alle meine Erwartungen übertraf. Als mein Name zum erstenmal in den Zeitungen genannt wurde, war ich glücklicher als je zuvor in meinem Leben, und ich beschloß zu bleiben. Ich hätte jetzt jederzeit ans Meer fahren können, doch dazu kam es nicht mehr, denn ich hatte immer neue Versprechen einzulösen, die ich gegeben hatte, immer neue Aufgaben zu erfüllen, die ich übernommen hatte, mich immer neu zu bestätigen, da man nun einmal mich bestätigt hatte.

An manchen Abenden fuhr ich, wenn ich sehr müde war, bis zur Ausfallstraße, die ans Meer führt, holte aus meiner tiefen Müdigkeit und Ergebenheit das Bild des unbekannten Meeres hervor und sank, halb schlafend, der Ferne entgegen und dem unendlichen Himmel, der mit dem Meer den Erdkreis schließt. Sobald die Benommenheit wich, kehrte ich ernüchtert zurück und sagte mir, daß mir diese Reise noch immer bleibe und daß sie mir im Augenblick nichts eintragen konnte, nichts, was ich nicht schon besäße.

Jahre kommen und vergehen, die Menschen kommen und gehen, und die Zeit und die Menschen wollen mir wohl, und ich habe meinen Platz unter der Sonne.

Nun erreicht mich seit einigen Tagen, in Augenblicken, in denen ich keine Zeit habe, ihm Aufmerksamkeit zu schenken, der Ton einer Flöte, eine vom Wind zerrissene Melodie, ein von großer Entfernung geschwächter Ruf, und mir ist, als käme er von den herbstlichen Hügeln, die ans Blau eines makellosen, frühen Himmels grenzen. Oder ist es der Ton der Glocken, mit denen die weißen Lämmer ans Gebüsch streifen, wenn sie den Weg ins Tal nehmen? Oder rührt es vom Summen der silbrigen Strahlengeleise, die zu den Hütten am Bach führen und von dort geradewegs in den Sonnenball münden, der wie ein großer, versinkender Bahnhof alle Züge in den Himmel heimholt?

Hier werde ich manchmal um das Geheimnis des Erfolges befragt, und ich könnte euch sagen, daß es mir gelänge, bis ans Meer zu kommen und allen Straßen und Wassern der Welt meinen Namen einzuschreiben, wenn mir die Hoffnung bliebe, daß ich am Ende der Tage heimkehren könnte und die staunenden Hirten, die Hügel und Bäche meiner Heimat den Besitz begriffen und würdigten, den ich erworben habe. Aber die Währung zwischen hier und dort ist noch immer eine andere, und führe ich zurück, so käme ich nicht reicher heim, als ich fortzog, nur ein wenig älter und müder, und ich hätte vielleicht nicht mehr das Herz, mich zu bescheiden.

Nun aber erreicht mich wieder eine vom Wind verstärkte Melodie, aus schrecklicher Nähe ein nicht zu überhörender Ruf, und mir ist, als käme er aus meinem Herzen, das über mir zusammenschlägt, als legten sich mir die herbstlichen Hügel an die zitternde Brust, und als zöge der makellose Himmel in mich ein, um mich zu töten. Oder ist es der Ton einer Glocke, die ich trage, wenn meine Sehnsucht an die Büsche streift, um die roten, reifen Früchte des letzten Jahres zu ernten? Oder rühren diese Klänge vom Dröhnen der im Abendglanz sprühenden Geleise, die mich an die Hütte am Bach tragen und von dort geradewegs auf den zerfließenden Sonnenball, der wie ein riesiger, versinkender Bahnhof alle Wanderer in den Himmel heimholt?

Anton Korteweg
Angst

Wie es der Zeit nichts ausmacht ob
sie den Sommer über den Rand des Herbstes
jagt und Kastanien fallen läßt
selbst in Arkadien, oder tickt, klein, am Puls,
stets weiter uns von uns fort –
Angst macht es. Solange wir bestehn.

William Blake, Die Pastoralen Vergils, 1821

»Satyrisches«

Horaz
Oden

Frühlingsfeier

Siehe, Boten des Lenz, thrakische Lüfte wehn
Laulich über das Meer, blähen die Segel neu,
Wieder grünet die Flur, friedlicher rauscht der Strom,
Nicht mehr schwellt ihn des Winters Schnee.

Wieder weinend ihr Leid, weinend um Itys' Tod,
Baut sich Prokne das Nest, ewige Klägerin
Dem kekropischen Haus, da sie barbarische
Gier am König zu hart gebüßt!

Rings auf sonniger Au bei seiner Lämmer Wacht
Hingelagert im Gras, flötet der Hirt sein Lied
Und es freut sich der Gott, welcher die Herden liebt
Und Arkadiens dunkle Höhn.

Durst auch brachte, Vergil, mit sich die Jahreszeit;
Sprich, verspürest du Lust, Günstling erlauchter Herrn,
Wein zu schlürfen, den uns kalische Kelter beut:
Gegen Narde erhältst du ihn!

Schon ein Büchschen davon lockt einen Krug herauf,
Der auf Lager gekühlt ruht bei Sulpicius,
Hoffnungspendender Wein, spült er die Bitternis
Unserer Sorgen alsbald hinweg.

Satyr mit Weinschlauch. Pompejanische Brunnenfigur aus der Casa del Centenario

Reizt dich solcher Genuß, auf denn und tummle dich,
Schnell die Ware herbei! Denkst du, ich soll umsonst
Dir den trockenen Gaum netzen aus meinem Kelch,
  Wie ein Krösus aus reichem Haus?

Auf und säume nicht lang! Rechne den Preis nicht nach!
Denk, es lodert auch uns bald schon die letzte Glut!
Drum, solang es vergönnt, mische mit Lust den Ernst:
  Süß ist Leichtsinn am rechten Ort!

Míguel de Cervantes Saavedra
Der scharfsinnige Ritter Don Quixote de la Mancha

Ein Leben zum Entzücken

Unter solchen Gesprächen zogen sie ihres Weges, bis sie an die Stelle kamen, wo die Stiere sie überrannt hatten. Don Quixote erkannte den Ort und sagte zu Sancho: »Sieh, das ist die Wiese, wo wir die reizenden Schäferinnen und die anmutigen Schäfer trafen, die hier das arkadische Hirtenleben wieder einführen und nachahmen wollten. Das ist ein ebenso neuer wie kluger Einfall, und wenn du der gleichen Meinung wärest wie ich, so könnten wir uns ja, lieber Sancho, nach ihrem Vorbild in Hirten verwandeln, wäre es auch nur solange, wie ich Urfehde geschworen habe. Ich will ein paar Schafe kaufen und alles, was sonst noch zum Hirtenleben nötig ist; dann nenne ich mich den Schäfer Quixotis, du heißt der Schäfer Pansinio, und so streifen wir durch die Berge, Wälder und Wiesen, singen hier unsre Scherzlieder, dort unsre Liebesklagen und trinken den flüssigen Kristall der Quellen oder der klaren Bäche oder der tiefgründigen Flüsse. Die Eichen bieten uns mit freigebiger Hand ihre süßen Früchte, und die Stümpfe der Korkbäume kunstlose Sitze. Die Weiden geben uns Schatten, die Rosen Wohlgerüche, die ausgedehnten Wiesen tausendfarbige Teppiche, die Luft ihren reinen Hauch, Mond und Sterne angenehmes Licht, dem Dunkel der Nacht zum Trotz; Gesang erheitert uns, Klagen versenken uns in süße Wehmut; Apollo verleiht die Gabe der Dichtkunst und Amor sehnsüchtige Gedanken, die uns nicht nur im gegenwärtigen Zeitalter, sondern auch in künftigen Jahrhunderten berühmt und unsterblich machen werden.« »Bei Gott!«

rief Sancho, »das ist ein Leben zum Entzücken und ganz nach meinem Geschmack; wenn erst der Bakkalaureus Sanson Carrasco und Meister Nikolas, der Barbier, davon Wind bekommen, werden sie gewiß auch mitmachen und Schäfer werden wollen, wie wir. Verhüte nur der Himmel, daß der Pfarrer nicht auch Lust bekommt, an dem Schäferleben teilzunehmen, da er so guter Laune und ein großer Freund von Scherzen ist.« »Was du sagst, ist vortrefflich,« versetzte Don Quixote; »und wenn der Bakkalaureus Sanson Carrasco, woran ich durchaus nicht zweifle, in die Schäfergemeinschaft eintritt, so könnte er sich ja den Schäfer Sansonino oder Carrascon nennen. Der Barbier Nikolas würde etwa Nikuloso heißen, so wie der alte Boscan sich Nemorosa nannte. Für den Pfarrer wüßte ich freilich im Augenblick keinen Namen zu finden, außer man leitete ihn von seinem Stand und Beruf ab, und hieße ihn den Schäfer Curiambro.« Für die Schäferinnen, deren Liebhaber wir sein müssen, können wir Namen auslesen, wie Birnen aus dem Fruchtkorb; und da der Name meiner Herzensgebieterin ebensogut für eine Schäferin wie für eine Prinzessin paßt, so brauche ich mir nicht den Kopf zu zerbrechen, um für sie einen besser klingenden zu suchen. Du, Sancho, kannst die deinige nennen, wie es dir beliebt.« »Ich denke nicht,« antwortete Sancho Pansa, »sie anders als Theresona zu nennen; das paßt am besten zu ihrem nicht gerade schlanken Wuchs und zu ihrem eignen Namen, weil sie Theresa heißt. Überdies kann ich, wenn ich Verse auf sie mache, meine keuschen Gesinnungen dadurch am besten an den Tag legen, daß ich keiner bin, der in fremden Körben nach feineren Semmeln sucht. Der Pfarrer aber braucht keine Schäferin, das wäre nicht recht, weil er ein gutes Beispiel geben muß; und wenn der Bakkalaureus eine will, so mag er sehen, wie er es verantworten kann.« »Himmlische Barmherzigkeit«, rief Don Quixote, »was für ein Leben wird das werden, Freund Sancho! Wie werden die Schalmeien und Dudelsäcke, die zamoranischen Sackpfeifen und Mohrentrommeln, die Fiedeln und Vogelörgelchen unsre Ohren entzücken! Lassen sich neben diesen Instrumenten auch noch ein paar Alboguen hören, so haben wir die ganze Schäfermusik beisammen.« »Was ist denn das: Alboguen?« fragte Sancho; »ich habe in meinem ganzen Leben nichts davon gesehn oder gehört.« »Alboguen«, antwortete Don Quixote, »sind metallene Platten, Leuchterfüßen aus Messing ähnlich; wenn man die mit der hohlen Seite gegeneinander schlägt, so geben sie einen wenn auch nicht sehr harmonischen und wohllautenden, doch wenigstens nicht mißklingenden Ton von sich, der zu dem ländlichen Schall der Sackpfeife und Schellentrommel sehr gut paßt. Der Name Alboguen ist arabisch, wie alle Wörter in unsrer spanischen Sprache, die mit al anfangen, z. B. almohaza, almorzar, alhombra, alguacil, almacen, alcancia und noch viele ähnliche. Unsre Sprache hat nur drei arabische Wörter, die auf i endigen: borcegui, zaquizami und maravedi; denn alheli und alfaqui lassen sich ebensowohl durch das al am Anfang wie durch das i am Ende als arabische Wörter erkennen. Ich mache dir diese Bemerkung im Vorbeigehn, weil sie mir bei Gelegenheit der Alboguen eingefallen ist. Um es bei unsrer Verwandlung in Schäfer zur Vollkommenheit zu bringen, muß es uns trefflich zustatten kommen, daß ich mich, wie du weißt, ein wenig mit der Dichtkunst befasse und daß der Bakkalaureus Sanson Carrasco ein vollendeter Poet ist. Wie es in dieser Beziehung bei dem Pfarrer aussieht, weiß ich nicht zu sagen; aber ich wollte wetten, daß er sich auch unterfängt, sein Verschen zu drehen; und bei dem Meister Nikolas ist daran auch nicht entfernt zu zweifeln, denn alle Barbiere sind Gitarrespieler und Versifexe. Ich singe Klagelieder über die Abwesenheit der Ge-

Delfter Kachel aus Schloß Nieborów, 18. Jh.

liebten; du rühmst dich deiner Treue; der Hirt Carrascon spielt den Verschmähten, und der Pfarrer Curiambro tut, was ihm am besten gefällt. Auf diese Weise wird es so gehen, daß man es sich nicht besser wünschen kann.« »Was mich betrifft, gnädiger Herr«, entgegnete Sancho, »so bin ich meines Unsterns so gewöhnt, daß ich nur fürchte, ich werde den Tag nicht erleben, da wir ein solches Leben führen. Ach, wie zierlich will ich meine Löffel aus Holz schnitzen, wenn ich Schäfer bin! Wie werden mir die Bröckchen schmecken und der zu Schaum geschlagene Milchrahm! Wie will ich Kränze binden und andre hübsche Schäfersächelchen machen! Erlange ich dann durch all das nicht den Ruhm eines klugen Menschen, so soll man mich wenigstens für erfinderisch und geschickt halten. Meine Tochter Sanchica kann uns das Essen aufs Feld hinausbringen – doch, halt! sie ist ein sauberes Ding, und unter den Hirten gibt es mehr Schelme als Tugendhelden. Ich möchte nicht, daß sie nach Wolle ausginge und geschoren heimkäme. Das Liebeln und die argen Gelüste sind nicht nur in den Städten im Schwange, sondern auch auf dem Lande, und sie schleichen sich in die Bauernhütten so gut wie in die königlichen Paläste. Deswegen: Weit vom Ziel ist gut vorm Schuß; und was die Augen nicht sehn, bricht auch das Herz nicht; und besser ein Sprung über den Zaun, als auf ehrlicher Leute Fürbitte baun.«

Arno Holz
Es gaudirt ihn / daß die Mädergens schon das Graß zertrükken

Ode Jambica

Die Veilgens schlagen auß.
Sie sind schon halb herauß!
Durch ihre heitre Bläue
dreibt Arkas seine Säue.

Die Faunen und das Vieh /
die geulen *Satyri*
stehn fast biß an den Bäuchen
in Grähsern und Gesträuchen.

Grohß-Vatter *Pan* holt vor
sein sihben stimmigt Rohr /
ümb sein verlihbtes Pfeiffen
Zitronen-Vögel schweiffen.

Rembrandt van Rijn, Der Flötenspieler, 1642

Schon hört man Sylvien schreyn /
ach nicht doch / nein / ach nein /
die dikken Bokksbaum-Häkken
sie gantz und gar verstäkken.

Der *Paffos* Söhngen lacht /
waß wird dar blohß gemacht?
Bleibt / Kindgens / ruhig lihgen /
der Schnizzger schnizzt euch Wihgen!

Jean Paul
Hafteldorns Idylle auf das vornehme Leben

von Herrn Matthieu von Schleunes mitgeteilt

Musikalische Kinder und poetische Bauern existieren, aber nicht oft; es sind ungewöhnliche Fantaisie-Blumen der Natur. Eine solche Blume ist der Wunder-Bauer *Hafteldorn* in St. Lüne. Bei einer dürftigen Lektüre – die nicht über die poetischen Prosaisten Moser, Geßner und Ebert hinausreicht – und einer noch dürftigern leiblichen Kost arbeitet er oft abends nach dem Ackern auf einem Blatte, das er aus dem durchschossenen Kalender reißet, prosaische Idyllen aus, die Ramler versifizieren könnte, wenn er noch da wäre. Ich habe fünfundvierzig davon gelesen. Ich teile eine – weder die beste noch niedrigste – daraus mit, um die Augen und Hände des Hofs auf ihn zu lenken, weil er nichts hat als Schulden seit der Viehseuche. Die Renner auf den Musenpferden werden, wie es scheint, wie die englischen auf Wettpferden hungrig erhalten und dadurch leicht gemacht und mithin *schnell.* Schon bei den Alten waren die *geflügelten* Götter nach Voß lauter *dienende.*

Die ausgesuchte Idylle betrifft eben den Hof selber. Hafteldorn konnte nämlich die schwere Pflugschar, die Stallung, den Dreschflegel und den braunen Ernte-Rücken nie für die Ingredienzien des Arkadiens nehmen, das die Dichter so preisen; und wenn eine bleiche weiche Hofdame dem haferhauenden oder aufladenden Hafteldorn aus ihrem Schloßfenster zusah, sich erquickte an der malerischen Arbeit und ländlichen – Ruhe und froh bemerkte, wie nahe der braune Landmann dadurch den schönen Gemälden großer Dichter und Landschaftsmaler komme: so wünschte der braune Landmann lieber ein weißer Kammerherr zu sein. Daher trifft er in seiner Idylle das Schäferleben und goldne Zeitalter nur im Stadt- und Hofleben an; ein Irrtum, der dem Gehalte des Kunstwerks selber wenig benimmt.

Damen von Hof, die ihn nun besuchen wollen, sag' ich doch voraus, daß der Sänger äußerlich (wie andere moralisch) etwas vom trojanischen Schwein auf den römischen Tafeln an sich habe, das zwar in sich ein Gericht nach dem andern verschloß und wovon das letzte eine gebratene – Nachtigall war, aber äußerlich, wie gesagt, ein Schwein blieb.

Matthieu v. S.

Schneide, o Muse, ins Haberrohr ein Loch und pfeife vom Stadtmann! – Dort wandern die Hofleute, zufriedene Arkadier, und sie lächeln. Keine Arbeit naht ihnen, kein Hunger und kein Krieg. Wenn in den Landmann mit dem Trunke, wie in den Judas mit dem Bissen, der Teufel fährt: so sitzen jene einträchtig an der langen Tafel und speisen nachgiebig; und die Degen, die sie führen, sind, wie der Hahn und die Pulverpfanne an der Windbüchse, nur blind. Keiner will über den andern ragen, sondern wie Pflastersteine nur gleich sein für den Fürsten, der darauftritt. – Gleichheit dieser *ersten* Menschen! Wie hülfreich treten sie jetzt zusammen und helfen einem gefallenen Fächer vom Boden auf! – Wie zanklos ertragen sie fremde Meinungen! Wie lieben sie den Menschen und haben das Bild desselben überall stehen, als Statue oder als Kniestück oder an der Brust als Brustbild!

Bloß ihr Gefolge, der Bedienten-Schweif, schon verwandter mit den aus dem Paradiese Vertriebenen, mag etwas grob sein, wie der Schwanz des Rettichs am schärfsten beißet und der Schwanz des Fisches die meisten Gräten zeigt.

Nicolas Lancret, Der Vogelkäfig, um 1735

Welche ewig lächelnde Ruhe! Unter dem seidnen Palmblatt des Sonnenschirms und neben dem schönbemalten Ofenschirm kennen sie keinen Wechsel der Jahreszeiten. Wie die ersten Eltern arbeiten diese ersten Kinder nie, und die breiten tiefen Arbeitskörbe sind weit entfernt von ihren Arbeitskörbchen. Keine Bedürfnisse, kein Hunger, kein Durst quälet sie, sondern immer genießend ruhen und sitzen sie wie die Wilden tagelang und nächtelang und wissen keine Zeit; wie die Goldammern* durchleben sie die erleuchtete Nacht und nehmen stets etwas zu sich. – Die Kanonen des Kriegs und die Stoßwinde des Lebens hören sie so wenig in der Lust als der Auerhahn einen Schuß, wenn er falzt.

Nicht in der rohen, windigen, staubigen, schneienden Natur verbringen diese Schäfer ihr dichtendes Leben, sondern in der schönen, die an den Tapeten blüht oder die aus dem schwarzen Spiegel guckt. Um sich zu entwöhnen von der rauhen wirklichen, schauen sie die sanfte auf den Schaugerichten und Gemälden an, wie Hühner, welche wahre Eier aussaufen, durch gipsene davon lassen. Eine kleine seidene Blume, ein wächserner oder gemalter Baum ersetzet ihnen alles, was draußen ist, wie dem eingesperrten Hänfling eine kurze Tanne. Und dann wenn ihnen wie Erdrosselten nach den bunten Farben des Tags die dunkle der Nacht vorkommt: so bleiben sie bis gegen Morgen auf, um entweder den Sternenhimmel zu genießen oder die aufgehende Sonne, und dann fallen sie ruhig in den Schlaf.

Kein Geld ist unter den schuld-losen Arkadiern; wie heilige Mönche tragen sie keines bei sich und spielen scherzend nur um gefärbtes Elfenbein.

* Die Ortolanen werden immer mit Laternen umgeben, damit sie immer fressen.

Henri Matisse, Le bonheur de vivre, 1905/06

Und an den Schäferinnen tun sich jeden Abend die roten und die weißen Nachtviolen der Scham und Unschuld auf, Lilien, auf die Brust gemalt, nicht auf den Rücken. Alsdann liebet das ganze Hirtenland, und an den Hirtinnen funkeln die Steine, und die Hirten folgen den hellen Steinen; wie die Insektenweibchen nächtlich schimmern, um die Männchen nachzulocken.

Nie fliehe diese Unschuld und Freude aus dem Hirtenlande der Hofmänner und Hofweiber, sondern sie wachse!

Hafteldorn allhier.

Ludwig Harig
Rousseau. Der Roman vom Ursprung der Natur im Gehirn

Rousseau und Emil suchen den Garten des Paradieses

Das flache Land in Arkadien, das andererseits so gebirgig und so schwer zugänglich ist, es hat es allen angetan. Ja, Arkadien! Auf einmal möchte jeder in Arkadien sein. Jeder möchte den Atem anhalten, jeder möchte sich wohlbefinden, jeder möchte gesund und glücklich sein, und das kann man nur in Arkadien.

»Et in Arcadia ego« setzte der Maler Bartolommeo Schidone auf einen Totenkopf, den zwei junge Hirten ergriffen betrachten. »Et in Arcadia ego« hat auch Nicolas Poussin auf einem gemalten Grabhügel und hat Chateaubriand auf Poussins eigenem Grabmal anbringen lassen. »Wenn ich auf schönen Fluren einen Leichenstein antreffe mit der Überschrift ›Auch ich war in Arkadien‹«, schreibt Johann Georg Jacobi, »so zeig ich den Leichenstein meinen Freunden.« Wieland ruft aus: »Du arme Vastola / auch du warst in Arkadia!« Der ernste Herder dichtet: »Lies die Inschrift glänzend schön / auch hier ist Arkadien.« Und an anderer Stelle schreibt er sogar: »Doch ein Hauch wird lispelnd zu euch wehen; / ich, auch ich war in Arkadien!« Goethe setzte das Wort als Motto über seine Italienische Reise und E. T. A. Hoffmann als Überschrift über den zweiten Abschnitt der Lebens-Ansichten des Katers Murr. Herder sagte: »Auch ich war in Arkadien ist die Grabschrift aller Lebendigen in der sich immer wieder verwandelnden, wiedergebärenden Schöpfung«, und Schiller ging sogar so weit, zu sagen: »Auch ich war in

Arkadien geboren.« Ja, Schiller wollte nicht nur in Arkadien gewesen, er wollte sogar dort geboren sein, wo doch jedermann weiß, daß er aus dem Württembergischen stammt, wo nicht die Schafzucht, sondern die weiterverarbeitende Metallindustrie und das Kleinmechanikerwesen prosperieren.

Was ist an Arkadien so schön, daß auf einmal jeder in Arkadien sein möchte? Ist es so schön, den lieben langen Tag Schafe zu hüten und Käse zu essen? Arkadien, das lag immer schon am äußersten Ende der Welt, da gab es nur Schafe und Esel, und auch die Arkadier selber galten als Tolpatsche und Einfaltspinsel.

Ja, was ist an Arkadien so schön, daß alle Welt auf einmal in Arkadien sein möchte? Ist Arkadien das Land, wo man den Atem anhalten, wo man sich wohlbefinden, wo man gesund und glücklich sein kann? Sollte dieses Land der Schafe und der Einfaltspinsel wohl das Land sein, worin es nur noch Ruhe und Frieden, Fliegen und Schweben und ewiges Wohlbefinden gibt? Oder ist Arkadien vielleicht gar kein Land, sondern das goldene Zeitalter, entweder das goldene Zeitalter in der besonnten Vergangenheit oder das goldene Zeitalter in der schöneren Zukunft, und man braucht noch nicht einmal von zu Hause aufzubrechen, um es zu finden. Jean Paul sagt: »Die nötigste Predigt, die man in unserem Jahrhundert halten kann, ist die, zu Hause zu bleiben.«

Rousseau und Emil gehen in der Natur

Rousseau und Emil gehen im Garten von Montmorency. Ist es ein natürlicher Garten und englisch, oder ist es ein künstlicher Garten und französisch? »Laß uns weitergehen«, sagt Rousseau, »ich bin so gelangweilt von den Salons, von den

Henri Rousseau, Die Glücklichen, 1902

Springbrunnen, von den Bosketts, von den Gartenbeeten und von den noch langweiligeren Besitzern alles dessen. Ich bin so übersättigt von den Broschüren, von den Klavieren, vom L'Hombrespiel, von den Theaterverwicklungen, von den törichten Bonmots, von der faden Ziererei, von den kleinen Schwätzern und von den großen Soupers. Wenn ich einen verstohlenen Seitenblick auf einen einfachen, armseligen Dornbusch, auf eine Hecke, auf eine Scheune, auf eine Wiese werfe, wenn ich durch ein Dörfchen gehe und den Duft eines Omeletts rieche, wenn ich von weitem den Kehrreim der Lieder einer Ziegenhirtin höre, dann wünsche ich Schminke, Bänder und Ambra zum Teufel!« Kaum hat Rousseau dieses gesagt, da öffnet sich vor ihnen die Gartentür, und Rousseau und Emil gehen schnurstracks nach Arkadien hinein.

Arkadien liegt weit fort in der Natur, so fern in der Welt, daß du es nicht auf der Landkarte findest, und doch gehen Rousseau und Emil mitten hindurch. Da gibt es sonnige Triften und schattige Felswände, und da gibt es den arkadischen Hain. Auf den Triften weidet das männliche und weibliche Kleinvieh, und bei den Felswänden rauscht die kühle Quelle. Die arkadischen Hirten hüten das Schaf und die Ziege, sie singen den ganzen Tag über, und sie lieben sich in der Nacht. Sie spielen viel länger auf ihrer Flöte, als daß sie ihre Molke seihen, und sie schlagen viel lieber auf ihrer Leier, als daß sie ihren Käse rühren. Dabei singen sie, daß es weithin zu hören ist.

Rousseau hält sich die Hände hinter seine Ohren, und Emil hält sich die seinen über seine Augen. Angestrengt hören und sehen sie jetzt, denn ganz hinten am Horizont ist ein Mensch zu sehen. Es ist Theokrit. Er erhebt seine Stimme und singt: »Ich bin Daphnis, der hier seine Rinder weidet, ich bin der Daphnis, der hier seine Stiere und Kälber zur Tränke führt.« Aber auf der anderen Seite des Horizontes erscheint ein anderer Mensch, es ist Vergil. Auch er erhebt seine Stimme und singt: »Ich bin Daphnis aus den Wäldern, ich bin von hier bis zu den Sternen berühmt, ich bin der Hirt der schönen Herden, aber ich selbst bin noch viel schöner.« Und Vergils arkadische Hirten messen sich in Wechsel- und Wettgesängen mit den sizilischen Hirten des Theokrit, daß man es bis nach Montmorency hört.

Die Steine und das Holz, das Wasser und auch die Berge sind ganz gerührt von dem Singen, und selbst die Tiere lustwandeln wie Rousseau und der kleine Emil. Erst lustwandeln sie, dann schweifen und schwärmen sie. Alle Dinge und Menschen haben sich verwandelt. Die Dinge gelten nicht mehr nach ihrem praktischen Wert, und die Menschen gelten nicht mehr nach ihrem praktischen Tun. Ja, hier in Arkadien wird nicht mehr mit dem Kopf gedacht, sondern nur noch mit dem Herzen gefühlt. Oh, wie beglückt ist der arkadische Emil. Aber Rousseau steht da und schüttelt seinen Kopf. Er sagt: »Mein lieber Emil, ich muß dich noch lehren, welche Begebenheit der Ordnung der Natur entspricht und welche nicht.« Aber Emil ist von dem erhebenden Gehen und von dem Schweifen und Schwärmen in der arkadischen Natur ganz außer sich geraten. Er zeigt mit dem Finger nach einem Hügel und schaut Rousseau mit großen Augen an.

Auf dem Hügel liegt ein Mann mit Bocksfüßen. Es ist Pan. Dort liegt er unter einer Platane und schläft. Es ist hoher Mittag, kein Laut ist ringsumher zu hören. Nur die Bremsen schwirren um Pans Nase. Rousseau ist stehengeblieben. Sogleich stehen auch seine Gedanken still. Er legt den Finger auf den Mund und hält den erschreckten Emil fest an der Hand. Pan ist nicht Rübezahl, der den Geängstigten für seinen Schrecken entschädigt. Mit Pan ist nicht zu spaßen. Gottlob, bald wird er ausgeschlafen haben, und die Nymphen werden ihren Reigen beginnen. Dann wird Pan vor einer Grotte sitzen, die Bocksfüße gekreuzt, und er wird musizieren. Pan ist kein Kompositeur wie Apollo, er bläst nur die Schalmei. Die Schalmei ist aus sieben Schilfrohren geschnitzt, wegen der Sphärenharmonie, die aus den sieben Tönen besteht. Rousseau und Emil hören die Sphärenharmonie. Die Nymphen fassen sich bei den Händen, sie hüpfen und tanzen. Und Pan springt auf, er zupft den Esel Silens an den Ohren. Dann tanzt er vor dem Kentaurenwagen, und am Ende kutschiert er mit den Maultieren über die arkadische Weide. O weh! Rousseau ist zu Tode erschrocken. Auf seiner Backe sitzt die panische Bremse.

Ist nun Arkadien eine natürliche Natur, oder ist es eine künstliche Natur? Rousseau und Emil stehen immer noch auf der Stelle, und auch Rousseaus Gedanken stehen still. Selbst die Hirten denken nicht mehr. Denkt euch nur, sie denken nicht mehr an die Versorgung ihrer Herden, sie denken nur noch ans Singen. Was ist aus Arkadien geworden? Durch die Gartenkunst und die Choreographie hat es sich aus einem Stück natürlicher Natur in ein Stück künstliche Natur verwandelt. Das Gehölz ist

Pablo Picasso, Musizierender Faun, 1948

beschnitten, das Gewässer ist gezähmt, das Gestein liegt wohlgeordnet an seinem Platz. Die Hirten treten in Schäferkostümen aus den Kulissen, ein Nocturno erklingt auf der bukolischen Bühne, das Singen ist sogar zum Gesang geworden. Da läßt sich auch Pan vom Schnürboden herab. O die Choreographie! Sie hat sogar den Bock zum Gärtner gemacht. Er hat sein zottiges Bocksfell gekämmt und sich eine Narzisse hinter das Horn gesteckt. In der einen Hand trägt er eine Gießkanne, in der anderen einen Spaten. O die Gartenkunst! Pan wird doch nicht mit der Feldbestellung beginnen und Emils Bohnen gießen?

Rousseau verscheucht die Bremse von seiner Backe. Emil winkt den musizierenden Hirten zum Abschied mit der Hand. Sie haben in Arkadien die natürliche Natur gesucht, aber sie haben nur die künstliche Natur gefunden. Jetzt steht die Sonne am Mittag, und immer noch schreiten Rousseau und Emil aus. Weil sie aber die natürliche Natur nicht in Arkadien gefunden haben, müssen sie in Feld und Wald gehen.

Nachwort

»Das Wunder dieses Ortes ist Einklang«
Hugo von Hofmannsthal

Das Ungenügen an der Welt, wie sie ist, schafft Gegenbilder, Fiktionen eines besseren Seins in mythischen Paradiesen oder politischen Utopien. Ein Sonderfall ist das Hirtenland Arkadien: Es verdankt seinen Ursprung als Wunschlandschaft weder Mythos noch Sozialentwurf, sondern der poetischen Imagination. Seinen klangvollen Namen borgt Arkadien von einer historisch und topographisch bestimmbaren Landschaft im Innern der Peloponnes, deren tatsächliche Existenz jedoch wenig mit dem verklärten Sehnsuchtsbild der Kunst und Dichtung zu tun hat. Das Gebiet in Griechenland verleiht lediglich einer archaischen Welt Kontur, die von Hirten bewohnt und vom Mythos durchwaltet ist.

Arkadien entwickelt sich über die Zeit hinweg zum Inbegriff eines idyllischen Daseins; geschaffen als sentimentalisches Gegenbild zur überfeinerten, verderbten Zivilisation, entspricht es dem alten Traum vom einfachen, elementaren Glück. Einheit mit der Natur, Einklang mit der Gottheit, Erinnerung an den verlorenen Stand der Unschuld, Muße, Frieden und Liebe gehören zu seinen unabdingbaren Ingredienzien. Im Gegensatz zu vielen anderen Wunschbildern kennt Arkadien keine zeitliche Bestimmung; es liegt weder in der Vergangenheit noch in der Zukunft, sondern kann heraufbeschworen werden, wann immer man von einem solchen Leben träumt. Auch räumlich kann es überall angesiedelt sein, im Süden, im Norden, vor allem aber in dem jeder konkreten Einordnung entzogenen Bereich der

Phantasie. Im ästhetischen Vorschein öffnet sich der Zugang – insbesondere den glücklich oder unglücklich Liebenden, deren angestammte Heimat es ist.

Anders als in dem von irdischer Not befreiten Paradies gibt es in Arkadien Leid und Tod – es ist ein gebrochenes Wunschbild, dessen Glück nicht ungetrübt bleibt. Doch gerade diese Brechung verleiht ihm seinen besonderen, fragilen Reiz, einen schillernden Charakter von gleichermaßen idyllischer und elegischer Prägung. Krieg und Not streifen das Hirtenland, wenn auch nur am Rande und als fernes Schreckbild, das das Glück inmitten der Bedrohung noch kostbarer erscheinen läßt. Der Tod fordert seinen Tribut, und die Toten werden betrauert, doch ohne übergroßen Schmerz, denn sie haben ihr Leben in Arkadien verbracht. Das größte Unglück, das man hier kennt, hängt mit den wechselnden Irritationen der Liebe zusammen: Eros ist die zentrale Triebkraft der arkadischen Welt.

So wenig sicher und dauerhaft das Glück der Liebe ist, so wenig ist es das arkadische, doch daran teilgehabt zu haben, verleiht den trüben Tagen Glanz: »Auch ich in Arkadien« – *Et in Arcadia ego* – wird zu einer Signatur des vergänglichen Glücks. Das Wissen um die Unmöglichkeit der Dauer im erfüllten Augenblick bleibt stets gegenwärtig und spiegelt sich in Bildern, die von Sehnsucht, Glücksverheißung und Verlust sprechen.

Von Anfang an geht die Arkadiendarstellung in Form und Inhalt von einer vollkommenen Übereinstimmung zwischen Natur- und Menschenbild aus. Das Thema fordert ein angemessenes Ambiente und findet es in der archetypischen Struktur des »lieblichen Orts«, des *locus amoenus* der rhetorischen Tradition. Ein schöner, sonniger Naturausschnitt ist damit gemeint, der auf überschaubare Weise eine Fülle von Annehmlichkeiten bietet: Ein üppiger, weicher Rasenplatz lädt zum Lagern ein; rauschende Bäume säumen ihn und spenden Schatten; eine murmelnde Quelle oder ein klarer Brunnen geben Wasser und Kühlung; Blumen und Kräuter erfreuen durch ihren Duft. Diese Motive konstituieren den *locus amoenus*; sie können ihn in Form abstrakter Zeichen andeuten oder in konkreter Bildlichkeit vergegenwärtigen. Immer entsteht der Eindruck einer gartenhaften, paradiesischen Natur, die dem Menschen einen friedvollen, erfreulichen Umraum bietet.

Arkadien ist ein pastorales Land: Seine Bewohner gehören dem Hirtenstand an, einer vorkulturellen Sphäre, in der das Individuum noch als Teil einer kosmischen, Natur und Gottheit umfassenden Ordnung begriffen wird. In der altbekannten Gegenüberstellung von Stadt und Land gilt der Hirte als Antagonist des in gesellschaftliche Zwänge eingebundenen, dekadenten Städters und als Vertreter einer ursprünglichen Lebensform. Der arkadische Hirte wird allerdings nicht als primitiver Naturbursche aufgefaßt, sondern zu einer poetischen Figur stilisiert, die vom realen Alltag und den Härten des Landlebens weit entfernt ist. Er braucht sich nicht den Niederungen des Existenzkampfs auszusetzen, da ihn die freundliche Natur mit allem Notwendigen versorgt; was über das Notwendige hinausgeht, hat in seinem schlichten Leben keinen Platz. Die Sorge für die Herde läßt ihm genügend Zeit zur Muße, zur *vita contemplativa* in einer anmutigen Landschaft. Damit ist die grundlegende Voraussetzung für Liebe, Spiel und musische Betätigung geschaffen. Die Hirten widmen sich mit Hingabe dem Gesang, spielen, von Pan darin unterwiesen, auf der Syrinx und stiften so die Urform von Musik und Dichtung.

In diesem Zusammenhang verwundert es nicht, daß das Motiv der Inspiration eng mit dem Arkadiengedanken verknüpft ist. Am *locus amoenus* kann schon das Erlebnis der Natur – der Klang des plätschernden Wassers oder des Windes in den Bäumen – die Schöpfungskraft beflügeln. Da jedoch nach antiker Tradition an diesem Ort das numinose Element stets gegenwärtig ist, wird die schöpferische Anregung als göttliche Kraft erfahren, die von den Musen und insbesondere von den Nymphen ausgeht. In der Bukolik, der antiken Hirtendichtung, gehört der Musen- oder Nymphenanruf zum festen Bestandteil; gewähren sie ihren Beistand, wird das einfache Hirtenlied zum Gedicht.

Der Gott der Hirtensänger ist Pan, dem man die Erfindung der Syrinx, der siebenrohrigen Hirten- oder Panflöte, zuschreibt. Auf diesem Instrument lehrt er die Hirten zu musizieren, und es wird zum Kennzeichen ihres Standes und der Hirtendichtung schlechthin. Dem Mythos zufolge wurde der tiergestaltige Herdengott in Arkadien geboren und besaß hier auch seine wichtigsten Kultstätten. Ursprünglich bedeutet er die Inkarnation all dessen, was eine archaische Hirtenwelt ausmacht; er wird als Schützer der Hirten und Herden und als priapischer Fruchtbarkeitsbringer verehrt. Sein eigentlicher Charakter ist der einer wilden, chthonischen Gottheit, die zum Gefolge des Dionysos zählt, »panischen« Schrecken verbreitet und ungezügelte, animalische Sinnlichkeit ausstrahlt. Die Bukolik verklärt Pan dann zum Gott der Hirtensänger, und eine aufs Äußerste sublimierte Deutung sieht in ihm schließlich den kosmosbewegenden All-Gott und Lenker der Sphärenharmonie.

Vertritt Pan den dionysischen Aspekt Arkadiens, so darf auch das apollinische Prinzip nicht fehlen. Angesprochen wird es mit der Geschichte von Apoll, der als Hirte unter den Menschen weilt und die Herden des Admet hütet. Auch er unterrichtet die Hirten und lehrt sie Gesang und Dichtung; seine Leier wird zum

Gegenbild der Panflöte. In idealistischer Sicht bewirkt die Divination durch Apoll eine Erziehung des Menschen zur Humanität und zu einer höheren Kunst, die über das elementare Sein hinausweist und damit den arkadisch-idyllischen Urzustand überwindet.

All dies hebt die Darstellung von Hirten in freier Natur über ein einfaches Landlebenbild hinaus und deutet auf Arkadien hin, auch wenn der Name nicht genannt wird. Um es assoziativ kenntlich zu machen, werden gern Hinweise eingeflochten, die an die Topographie des realen Arkadien oder an seine Mythologie erinnern. Dazu gehören seine Lage in der Nachbarschaft des kriegerischen Lakonien mit der Hauptstadt Sparta, seine Flüsse Ladon und Alpheus sowie die Berge Parthenius, Maenalus und Lycaeus. Für den mythologischen Kontext ist Pan von größter Bedeutung; häufig wird seine Liebe zur Nymphe Syrinx geschildert, die sich vor seinen Nachstellungen zu ihrem Vater, dem Flußgott Ladon, flüchtet und in Schilfrohr verwandelt wird. Der klagende Laut des Windes im Schilf veranlaßt Pan, das Rohr zur Hirtenflöte zusammenzufügen und auf ihr seine Liebesklage ertönen zu lassen – so erklärt eine ätiologische Erzählung die Erfindung des Instruments Syrinx. Eine andere Geschichte handelt von der Nymphe Arethusa, die beim Bad von dem Flußgott Alpheus überrascht und verfolgt wird. Vom Göttervater Jupiter wird berichtet, er habe seine Kindheit – von Rhea vor Saturn versteckt – in Arkadien verbracht, wo Nymphen ihn betreuten und die Ziege Amalthea ihn nährte.

Seinem Wesen nach fordert das arkadische Sujet von der Literatur eine große Bildhaftigkeit der Sprache, von der Kunst eine poetische Art der Gestaltung. Die von Horaz formulierte Maxime *ut pictura poesis,* die Dichtung und Malerei zueinander in enge Beziehung setzt, bestimmt auch die Darstellungsformen

Arkadiens. Es ist ein ganz auf Synästhesie ausgerichtetes Thema, das alle künstlerischen Bereiche umfaßt. So gesellt sich zu Literatur und bildender Kunst auch die Musik, auf die in diesem Rahmen aber nicht näher eingegangen werden kann.

Seit der Antike entwickelt sich das Wunschbild Arkadien vor dem veränderlichen Hintergrund der gesellschaftlichen und kulturellen Bedingungen in einem steten Wechselspiel zwischen bildender Kunst und Dichtung. Vergil ist der erste, der in seinen im Jahr 37 v. Chr. erschienenen Hirtengedichten, den »Bucolica«, Arkadien zum poetischen Thema erhebt und es als unwirkliche, Raum und Zeit entzogene Landschaft der Hirtensänger und ihres Gottes Pan interpretiert. Wesentliche Motive gehen auf ihn zurück; so klingt in der vierten Ekloge das Lob des Goldenen Zeitalters an, in der fünften hält der Tod Einzug in Arkadien. Die zehnte Ekloge ist dem befreundeten Dichter und Politiker Gallus gewidmet und erzählt in kunstvoller Verschränkung von Wirklichkeit und arkadischer Fiktion von dessen Liebesleid. Die Hirtenwelt wird hier in eine elegische Stimmung getaucht, doch die Devise bleibt: *Omnia vincit Amor.* Formal und inhaltlich knüpft Vergil an die Tradition der griechischen Bukoliker an, vor allem an die Idyllen Theokrits aus dem 3. Jahrhundert v. Chr. Dieser geht mit Vorliebe auf das Thema des Sängerwettstreits unter den Hirten ein, der aus historischer Sicht auch von Polybios behandelt und als alter Brauch der griechischen Arkader geschildert wird.

Besingt die Bukolik Liebe und Liebesklage der Hirten ausschließlich in der Reflexion, so steht die tatsächliche Liebeserfahrung im Mittelpunkt des populären Romans »Daphnis und Chloë« von Longus. Auf raffiniert unschuldige Weise schildert er das Erwachen der Sinnlichkeit und der Liebe zweier Naturkinder inmitten einer Pastorallandschaft, die Eros, Pan und den Nymphen geheiligt ist. Der Roman übt eine nachhaltige Wirkung aus, die noch in Kunst und Dichtung des 20. Jahrhunderts zu fassen ist.

Die Vorform der malerischen Arkadiendarstellung entsteht in der Antike mit dem Typus der römischen, idyllisch-bukolischen Sakrallandschaft, die in augusteischer Zeit besonders gern als Innenraumdekoration eingesetzt wird.

Im Mittelalter gestattet die christlich-religiöse Bindung des Weltbildes nur eine latente Tradierung des heidnischen Arkadiengedankens. Analoge Vorstellungskreise – das irdische Paradies, der Garten Eden oder der weltliche Liebesgarten sowie die biblischen Hirtengeschichten – überlagern ihn, geben aber auch Impulse für seine spätere Gestaltungsweise.

Mit der Hinwendung der Renaissance zur Antike wird Arkadien als »geistige Landschaft« wieder entdeckt und zu dem für das Abendland gültigen Begriff geformt. Ein zunehmend anthropozentrisches Selbstverständnis, das Streben nach irdischem, persönlichem Glück, aber auch die Entwicklung eines neuen Naturgefühls verleihen der arkadischen Wunschwelt eine gesteigerte Anziehungskraft. 1504 erscheint in Neapel Jacopo Sannazaros Hirtenroman »Arcadia«, der eine begeisterte Aufnahme erfährt und eine kaum absehbare Wirkungsgeschichte entfaltet. Ein historisierender Aspekt zeichnet das neue Arkadien aus: Es trägt Züge der nun schon selbst in eine Wunschzeit verwandelten Antike, die als Abglanz des mythischen Goldenen Zeitalters empfunden wird. Sannazaros Arkadier tragen die vertrauten Namen der bukolischen Hirten, der Götterreigen der antiken Mythologie gesellt sich zu ihnen, und im Heiligtum des Pan wartet die Flöte, die schon durch die Hände Theokrits und Vergils gegangen ist, auf einen ihrer würdigen neuen Besitzer.

So entsteht eine antikisch idealisierte Pastorale, die aber die Gegenwart nicht ausschließt und den von Sehnsucht geleiteten Zeitgenossen – etwa dem Dichter selbst unter der Maske des Sincero – Einlaß gewährt. Die poetische Suche nach einem verklärten ländlichen Refugium findet ihr Gegenstück in einem gesellschaftlichen Maskenspiel: Des städtischen Alltags und seiner Zwänge überdrüssig, ziehen vornehme Kreise sich zeitweilig aufs Land zur *villeggiatura* zurück, um dort in eleganter Geselligkeit einem bukolischen Leben zu huldigen, das das Siegel Arkadiens trägt. Diese bewußte Inszenierung wird über lange Zeit hinweg ihren Reiz nicht verlieren.

In der Malerei der Renaissance wird Arkadien zwar nicht ausdrücklich als Bildthema genannt, doch es entstehen pastorale Kompositionen, die keine andere Interpretation zulassen. Ein solches Gemälde ist das rätselhafte »Concert champêtre«, bei dem es bis heute noch nicht gelungen ist, die Hände von Giorgione und Tizian definitiv zu scheiden. Die in weiches, goldenes Licht getauchte Darstellung von Musikanten und Nymphen in einer südlichen Landschaft reflektiert den Arkadiengedanken auf so sublime Weise, wie sie in der Malerei nicht wieder erreicht wird. Von der Faszinationskraft dieses atmosphärischen, sich eindeutiger Festlegung entziehenden Bildes legt Hofmannsthals »Sommerreise« von 1903 ein beredtes Zeugnis ab.

Die Maler des Veneto kultivieren die arkadische Bildwelt in besonderem Maß. Nach Giorgione führt Tizian sie zur Blüte, und Künstler wie Campagnola entwerfen Darstellungsmuster, die lange Zeit ihre Gültigkeit behalten. Landschaft und Naturstimmung gewinnen nun verstärkt das künstlerische Interesse, und neben der pastoralen oder mythologischen Szenerie rückt der nackte menschliche Körper in seiner ganzen Schönheit in den Vordergrund. Entsprechende Motive werden häufig aus

Sannazaros »Arcadia« und aus der nachfolgenden Hirtendichtung übernommen. Eine wichtige Quelle sind die Schilderungen der Goldenen Zeit; bei Darstellungen dieses Themas lagern nackte Gestalten im Freien, tanzen oder geben sich den Lockungen der Liebe hin. Sannazaro läßt die Arkadier um den Verlust des Goldenen Zeitalters trauern, in dem nicht nur das Leben besser war, sondern auch die Liebe sich frei entfalten konnte. Vollkommene Liebesfreiheit herrschte, und die Menschen genossen dies in aller Unschuld, ohne Eifersucht, ohne Zwist und ohne Leid. Da dieses lustvolle Wunschbild im Gegensatz zur moralischen Norm steht, bedarf es einer Rechtfertigung, die mit dem distanzierenden Hinweis auf ein mythisches Zeitalter, auf das archaische Hirtenleben und die freieren Lebens- und Kunstformen der Antike gleich mehrfach gegeben ist. Unter dieser Prämisse eignet die arkadische Schäferwelt sich bestens als Vorwand für erotische Darstellungen, die in solcher Verbrämung toleriert werden.

Das Thema der Liebesfreiheit greift auch Torquato Tasso in seinem Hirtenspiel »Aminta« auf, das seine Uraufführung 1573 vor dem Hof von Ferrara erlebt. Die Wälder von Ferrara sind der Schauplatz dieses Maskenspiels, dessen arkadische Einkleidung nicht darüber hinwegtäuscht, daß hier Tassos eigene Welt durchscheint. Im Prolog tritt Amor auf und gibt sich als Urheber des Geschehens zu erkennen, das um Liebe und unerfüllte Sehnsucht kreist. Voller Trauer erinnern die Hirten sich an die Vergangenheit, als Liebe noch nicht Leid bedeutete, und stimmen ein Loblied auf die Goldene Zeit an, deren Glück auf Freiheit beruhte, da der Grundsatz galt »Erlaubt ist, was gefällt«.

In der Zeit der Gegenreformation mußte ein derart anarchischer, jeder kirchlichen und weltlichen Doktrin zuwiderlaufender Inhalt jedoch auch unter arkadischem Deckmantel Anstoß erregen und Gegner auf den Plan rufen. Zu ihnen gehört Giambattista Guarini, Tassos Nachfolger am Hof von Ferrara, der als Gegenstück zu »Aminta« den »Pastor fido« verfaßt, ein Hirtenspiel, dessen überwältigender Erfolg heute kaum nachempfunden werden kann. Guarini hält darin Tassos »Erlaubt ist, was gefällt« ein kategorisches »Es soll gefallen, was erlaubt ist« entgegen; seine arkadischen Hirten reduziert er auf tugendhafte, treue und ziemlich langweilige Geschöpfe. Damit beginnt die Auseinandersetzung zwischen zwei gegensätzlichen Interpretationsmodellen des Arkadischen: zwischen Liebes- und Tugendideal, zwischen antiker Freizügigkeit und konventioneller Moral, zwischen dem Entwurf einer Gegenwelt und der Schaffung einer Komplementärwelt zur Wirklichkeit. Dieser Konflikt wird noch einmal in Goethes Drama »Torquato Tasso« ausgetragen: Von seinem Gefühl hingerissen, wendet Tasso sich mit einem emphatischen Lob des Goldenen Zeitalters an die Prinzessin und erinnert sie mit der Devise des »Aminta« – »Erlaubt ist, was gefällt« – an die Liebesfreiheit dieser glücklichen Zeit. Dem hält die Prinzessin in der Diktion des »Pastor fido« ein rigides »Erlaubt ist, was sich ziemt« entgegen und verbannt damit die Goldene Zeit als irreales Traumbild aus ihrer Sphäre.

Der Barock neigt dazu, Arkadien als eine der gesellschaftlichen Realität verwandte Komplementärwelt zu sehen, die einem Friedens- und Tugendideal huldigt. Die Grenze zwischen Wirklichkeit und Wunschbild bleibt durchlässig, und Arkadien kann als Bezeichnung für jeden pastoralen Handlungsrahmen eingesetzt werden. Dies belegen die großen Schäferromane, so auch Sidneys »Arcadia«; dasselbe gilt für die wachsende Flut weltlicher und geistlicher Hirtenspiele und -gedichte. »Gesellschaftsschäfereien« kommen in Mode und veranlassen gelehrte und literarische Zirkel, ihr Anliegen unter der Hirtenmaske vorzutragen. Ein ausgeprägtes Rollenverhalten ist zu beobachten, das auch in der Malerei zur Geltung kommt; exemplarisch zeigt das ein Selbstbildnis des niederländischen Künstlers Barent Fabritius in Schäfertracht. Diese Maske wird in allen Bereichen zum Teil der gesellschaftlichen Konvention; ihrer bedient sich auch der Gelehrte und Staatsbeamte Johann Thomas, dessen treuherzige Geschichte von Damon und Lisille derjenigen seiner eigenen Liebe und Ehe entspricht. Der Schritt zur Satire liegt nah. Meisterhaft vollzieht ihn Cervantes in einer Episode seines »Don Quixote«, der sich im Gespräch mit Sancho Pansa der Überlegung hingibt, für eine gewisse Zeit das Leben eines arkadischen Schäfers mit allen zugehörigen Implikationen zu führen.

Besteht in der barocken Literatur die Tendenz zu einer eher vordergründigen Behandlung Arkadiens, so gelingt es in der Malerei, das alte Traumland wieder in weite Ferne zu rücken. Claude Lorrain entwirft verklärte Landschaftsbilder, die einen so überzeugenden Modus des Arkadischen schaffen, daß sie bis ins 19. Jahrhundert Stil und Form bestimmen. Auf der Grundlage der um 1600 in Rom entwickelten idealen Landschaftsdarstellung entstehen klassische Kompositionen, die im Hinblick auf ein Höchstmaß an Harmonie die Natur nicht zeigen, wie sie ist, sondern wie sie sein könnte oder sollte. Es ist eine südlich-idyllische, in sich vollkommene Welt, die sich in unerreichbare Tiefen erstreckt, in erlesenen Farben schimmert und eine berückende atmosphärische Intensität besitzt. Landleute beleben diese schöne Natur, vor allem aber arkadische Hirten und Götter der antiken Mythologie, deren unwirkliches Sein ganz dem Erscheinungsbild dieser Landschaft entspricht.

Claude Lorrain beschwört Arkadien herauf, ohne es beim Namen zu nennen. Dies bleibt Guercino und Nicolas Poussin überlassen, deren Bildtitel erstmals das folgenreiche *Et in Arcadia ego* zitieren und damit die elegisch-melancholische Komponente ins Zentrum der Darstellung rücken. Bei Guercino sind zwei Hirten in den Anblick eines Totenschädels versunken, der, ganz in den Vordergrund gerückt, auf einem Sockel mit der Inschrift *Et in Arcadia ego* ruht. Auf krasse Weise wird die Pastorale mit dem aus der christlichen Ikonographie vertrauten *memento mori* verknüpft, das die Deutung »Selbst in Arkadien herrsche ich, der Tod« nahelegt. Die spannungsreiche Konfrontation von Arkadien und Tod besitzt zwar eine lange Reihe von literarischen Vorbildern – die Hirten Theokrits und Vergils beklagen den Tod des Daphnis, und Sannazaro schildert das Grab in Arkadien – doch erst in der Malerei des Barock verfestigt das Motiv sich zur prägnanten Formel.

Dazu tragen hauptsächlich die beiden diesem Thema gewidmeten Gemälde des *pictor doctus* Nicolas Poussin bei, in denen der Akzent sich gegenüber Guercino verschiebt. Bereits in der ersten Fassung verliert das *memento mori* seine Schärfe; der Totenschädel liegt klein auf einem schön geschwungenen Sarkophag, neben dem der Flußgott Alpheus lagert. Antikisch stilisierte Hirten nähern sich graziös und ohne Scheu; ihre Aufmerksamkeit gilt nicht dem Sinnbild des Todes, sondern der Inschrift auf dem Sarkophag. Diese scheint auf den darin Ruhenden gemünzt zu sein, besagt also, obwohl grammatikalisch nicht ganz korrekt, »Auch ich habe einst in Arkadien gelebt«.

Mit seiner zweiten Fassung des Themas weist Poussin weit über eine pastorale Allegorie der Vergänglichkeit hinaus und gelangt zu einer existentiellen Aussage. Vor einer weiten, ruhigen Landschaft versammeln sich drei Hirten und eine weibliche Gestalt um einen Sarkophag, den kein Totenschädel mehr verunziert. Das ganze Interesse richtet sich auf den Schriftzug *Et in*

Arcadia ego und auf die Wirkung dieser Botschaft. Verschiedene Stufen eines Erkenntnisprozesses zeichnen sich ab, von links nach rechts ablesbar an der Art, wie die Hirten der Inschrift begegnen. Der erste lehnt träumerisch an dem Monument, ohne sich dessen Bedeutung bewußt zu machen. Der zweite kniet davor und bemüht sich, die Worte zu entziffern, der dritte richtet sich mit dem Ausdruck des Verstehens auf und wendet den Blick der weiblichen Gestalt zu, die ihm, einer Wissenden gleich, im Divinationsgestus die Hand auf die Schulter legt. *Et in Arcadia ego* wird in dieser von der Stoa geprägten Auslegung zu einem Gleichnis von Lebens- und Todeserfahrung und erinnert daran, daß Schaffung und Vernichtung der Existenz in einem unveränderlichen Zyklus zusammengeschlossen sind. Begreift der Mensch sich als Teil dieser kosmischen Ordnung, verliert der Tod für ihn seinen Schrecken, und er hat sein Leben in Arkadien verbracht.

Eine solch profunde Interpretation wird in der Malerei später nicht mehr angestrebt. Das Thema findet zwar in der Nachfolge von Guercino und Poussin ein großes Echo, gerät aber mehr und mehr zur pastoralen Kulisse, in die Sarkophage und Urnen als dekorative Versatzstücke eingestreut werden, um der idyllischen Natur einen melancholischen Charakter zu verleihen. Im 18. Jahrhundert bedient man sich derartiger Motive dann gern bei der Ausgestaltung von Landschaftsgärten, in denen idyllische und elegische Partien miteinander abwechseln, um jeder Stimmung und Gefühlsregung ein Äquivalent zu bieten.

Die Literatur verwendet das *Et in Arcadia ego* als changierenden Topos, der für unwiederbringlichen Verlust und für Trauer über diesen Verlust steht. Johann Georg Jacobi prägt 1769 die deutsche Version »Auch ich war in Arkadien«, die in der Folge einerseits als bedeutungsvolle Metapher fortlebt, andererseits zum geläufigen Schlagwort avanciert und auch vor Parodien nicht sicher ist. So wird eine Satire Eichendorffs auf das Hambacher Fest von 1832 spöttisch mit »Auch ich war in Arkadien« überschrieben, und das Couplet des Hans Styx »Als ich einst Prinz war von Arkadien« aus Offenbachs Operette »Orpheus in der Unterwelt« von 1858 öffnet vollends das Feld der Travestie.

Das 18. Jahrhundert behandelt die Arkadienvorstellung als einen Schnittpunkt zwischen Kunst und Leben und einen selbstverständlichen Bestandteil seiner Kultur. Arkadische Motive werden vermehrt in die Wirklichkeit hereingeholt, etwa in Form von Tapetenmalerei oder Erzeugnissen der Porzellanmanufakturen. Gärten werden programmatisch zum Abbild Arkadiens erhoben und mit Nymphengrotten, Tempelchen und Schäferhütten, aber auch mit den bereits erwähnten Vergänglichkeitssymbolen ausgeschmückt. Ein charakteristisches Beispiel bietet der polnische Landschaftspark »Arkadia«, den Helena Radziwill gegen Ende des 18. Jahrhunderts in der Nähe von Schloß Nieborów anlegen läßt.

In Frankreich vergnügt sich die aristokratische Gesellschaft bis zum Ende des Ancien Régime in einem inszenierten Arkadien mit Schäferspielen und gibt sich – in Reichweite des Hofes – der Illusion heiterer Ländlichkeit hin. Die elegante Hirtentracht, das seidene Schäferkostüm, wird zum Aperçu einer hedonistischen Lebenshaltung, die die Natur in ihr Amusement einbezieht, zum Rahmen ihrer Fêtes galantes macht und die Liebesinsel Cythera mit Arkadien verschmelzen läßt. Antoine Watteau ist der unübertroffene Chronist dieser irrealen Welt, deren Zauber er wie kein anderer in seinen Bildern zu bannen versteht. Weniger hintergründig schildern Boucher, Fragonard oder Lancret die vornehm-ländliche Geselligkeit, die keinen Zweifel an ihrer kaum verhüllten Sinnlichkeit läßt.

Die anakreontischen Dichter des deutschen Rokoko gehen von einem ähnlichen, wenn auch weniger freizügigen Verständnis Arkadiens aus; mit Grazie schlagen sie die bukolische Tonart an und entwerfen so liebenswürdige Vignetten wie Johann Peter Uz, wenn er seinen »süßen Traum« besingt. Matthias Claudius und selbst der junge Goethe bedienen sich noch ähnlicher Formen mit leichter Hand und nicht ohne eine gewisse Koketterie. In bewußter Distanzierung zum frivolen Raffinement des Rokoko-Arkadien entwickelt sich aber auch eine dezidiert bürgerliche Idylle, die Aufklärung und Empfindsamkeit verpflichtet ist. Natur und Gefühl heißen die Schlüsselbegriffe; das stille Gemüt soll sich an einer einfachen, unverdorbenen Natur ergötzen, die weniger der Realität als dem Idealbild einer Goldenen Zeit entstammt. Diese Idyllenform gipfelt in dem Werk des Schweizer Maler-Dichters Salomon Geßner, der eine patriarchalische, tugendhafte und ganz ins Beschauliche gewendete Hirtenwelt vorstellt.

So groß der Erfolg dieser Idyllen auch ist, geraten sie doch bald bei der Generation des Sturm und Drang wegen ihrer antikisierenden Requisiten und stereotypen Gefühle ins Kreuzfeuer der Kritik. Man sucht nun unverstellte Empfindung und Nähe zur wirklich erlebten Natur und tauscht Arkadien unter dieser Maßgabe gegen die handfestere Landleben- und Dorfidylle ein. In einem Aufsatz über Theokrit und Geßner verhängt Herder 1767 sein Verdikt über die schwärmerische Hinwendung zu einem goldenen Weltalter, das er als eine »schöne Grille« abtut. Die idealistische Philosophie interpretiert Arkadien schließlich als regressives Klischee, das es zu überwinden gilt. Nach Kants »Mutmaßlichem Anfang der Menschengeschichte« kann nur Progression das Ziel des Menschen sein, um den »Übergang... aus der Vormundschaft der Natur in den Stand der Freiheit« zu erreichen. Konsequent führt Schiller den Gedankengang fort, münzt ihn auf den Dichter um und fordert diesen in seinen Anmerkungen zur Idylle im Aufsatz »Über naive und sentimentalische Dichtung« auf, sich neuen geistigen Horizonten zuzuwenden, da der Mensch »nun einmal nicht nach Arkadien zurückkann«.

Das abrupte Ende der Epoche in den blutigen Wirren der französischen Revolution markiert auch einen Bruch in der Kontinuität des Arkadiengedankens, wie er seit der Renaissance fortlebt. Das bedeutet allerdings keinen Abschluß, sondern ein weiteres Aufsplittern des ursprünglichen Gehalts. Beendet wird lediglich das gesellschaftliche Rollenspiel eines inszenierten Arkadien, das seine letzten glanzvollen Tage sieht, als Marie Antoinette die Etikette des Versailler Hofs mit den galanten Schäferspielen im Park von Petit Trianon vertauscht. In Jean Pauls Glosse »Hafteldorns Idylle auf das vornehme Leben« finden die Seiden-Schäfer des Rokoko noch einen kritisch-witzigen Nachhall.

Das arkadische Bedeutungsfeld erweitert sich und löst sich dabei zunehmend von seinem pastoralen Sinngehalt. Es lebt als Formel fort, die ganz allgemein ein glückliches, paradiesisches, jedoch stets vom Verlust bedrohtes Dasein evoziert. Im ausgehenden 18. Jahrhundert rückt ein besonderer Aspekt in den Vordergrund: Die Vorstellung Arkadiens wird von derjenigen Italiens überlagert, die selbst einem abendländischen Sehnsuchtsbild entspricht. Vielfache Verflechtungen entstehen, und eine Koinzidenz der Sphären zeichnet sich ab, da bereits die Genese Arkadiens mit Italien zu tun hat: Vergil stammt aus Mantua, Theokrit aus der sizilischen Kolonie Syracus. Sannazaro ist

Neapolitaner, und Tasso lebt in Ferrara. Italienisches Kolorit prägt seit der antiken Wandmalerei in der römischen Kaiserzeit auch die bildliche Darstellung, kulminiert in Venedig mit Giorgione und Tizian, und die normative Festlegung der arkadischen Ikonographie erfolgt in Rom, das Claude Lorrain und Nicolas Poussin zur Wahlheimat wird.

Italien zieht die Künstler aus dem Norden wie ein Magnet an; hier öffnet sich ihnen eine Welt der Schönheit, des südlichen Lichts, der großen Kunstwerke aus Antike und Renaissance. Seit Winckelmann, vor allem aber seit Goethes italienischer Reise wird Rom zum legendären Ort, der Befreiung von Zwängen und Steigerung der Lebensfreude und Schaffenskraft verspricht, oder, in der Diktion Goethes, »Wiedergeburt« und »neues Leben«. Dieser Gedanke prägt das Italienverständnis nachhaltig und fördert seine Gleichsetzung mit der Wunschwelt Arkadien.

»Auch ich in Arcadien« wird zum signifikanten Motto, das Goethe 1816 der Erstausgabe seiner »Italienischen Reise« voranstellt, doch davor begegnet es schon bei Herder. 1789 läßt dieser sein Gedicht »Angedenken an Neapel« mit der Zeile »Ich, auch ich war in Arkadien« ausklingen, um ein Italienerlebnis in der poetischen Reflexion zu erhöhen, das in Wirklichkeit weit weniger spektakulär war. Der lange in Rom tätige Kunsttheoretiker Carl Ludwig Fernow deutet seine Wunschheimat ebenfalls unter arkadischem Vorzeichen; seine 1806 erschienenen »Römischen Studien« über Landschaftsmalerei überschreibt er »Et in Arcadia ego« und widmet sie dem befreundeten Maler Johann Christian Reinhart. Dieser verbringt, ebenso wie Joseph Anton Koch, einen großen Teil seines Lebens in Italien und stilisiert das Land in idealisierenden Kompositionen zu einem groß gesehenen, klassischen Arkadien. Spätere Generationen knüpfen immer wieder an dieses Wahrnehmungsmuster an, so auch der Kulturhistoriker Jacob Burckhardt. Selbst die kritischen Betrachter, die schon zu Goethes Zeit dagegen polemisieren, greifen es auf. In einem Nachspiel verdeutlicht das auch Rolf Dieter Brinkmanns 1979 veröffentlichte Auseinandersetzung mit Goethe in »Rom – Blicke«, in der Arkadien zur Vorhölle gerät.

Die Romantik kümmert sich wenig um Arkadien, da andere Sehnsuchtsbilder ihren Horizont bestimmen. Selbst wenn vergleichbare Motive dargestellt werden, findet der Name selten Erwähnung. Das Naturerlebnis besitzt seinen entscheidenden Wert in sich selbst oder in seinem Bezug auf Gott und kann daher auf jede Überhöhung verzichten. Die Idee des Goldenen Zeitalters bleibt allerdings von wesentlicher Bedeutung, erfährt nun aber eine andere, in spirituelle Bereiche vordringende Auslegung. So wird sie im Werk von Novalis oder Runge von mystischen Seligkeitsvorstellungen überlagert, die weit über die ursprüngliche Wunschwelt hinausführen. Hölderlin setzt Arkadien und Goldene Zeit als Zeichen einer schwermütigen Sehnsucht ein, mit denen er in »Hyperion« auf ein verlorenes Paradies verweist.

Bei Goethe gewinnt das Arkadische noch einmal seine volle Strahlkraft und erscheint in vielen Facetten, vom Motto der italienischen Reise bis hin zur Apotheose im zweiten Teil des »Faust«. Traditionelle Motive der Hirtendichtung klingen in »Torquato Tasso« an; in Rom wird Goethe 1787 sogar in die »Accademia degli Arcadi« aufgenommen, eine Sprachgesellschaft, deren Mitglieder sich unter Schäfernamen in freier Natur zum literarischen Diskurs treffen. Die arkadischen Bilder des bereits in Italien gemeinsam mit dem Freund Tischbein geplanten Idyllenzyklus kommentiert Goethe 1822 in bildhaft dichter Sprache. Die Goldene Zeit und Arkadien erreichen in seinem

Spätwerk eine archetypische Dimension, die vom Individuellen ins Allgemeingültige zielt; am eindrucksvollsten bezeugt das die Helena-Szene im zweiten Teil des »Faust«. Eine homerische Welt öffnet sich, in der die Hirten dem Gott Apoll gleichen und Natur und Mensch in ursprünglicher Einheit verbunden sind. Arkadien wird als der vollkommene Rahmen der Liebe von Faust und Helena heraufbeschworen, der so lange Bestand hat, wie diese Liebe währt. Mit deren Ende, mit dem Tod Euphorions, stürzt er in sich zusammen und verschwindet. »Arkadisch frei sei unser Glück!« hat Faust emphatisch proklamiert, doch dieses Glück kennt keine Dauer; es ist ein kurzer Traum oder schöner Schein, und damit der Vergänglichkeit anheimgegeben wie Arkadien selbst.

Nach Goethe zeichnet sich eine Zäsur in der künstlerischen Auseinandersetzung mit Arkadien ab. Der Zeitgeschmack konzentriert sich um die Mitte des 19. Jahrhunderts auf Formen des Realismus und Naturalismus, die der Entwicklung einer technikorientierten Industriegesellschaft eher entsprechen als idealistische Wunschbilder. Doch mit der Gruppe der Deutschrömer bahnt sich eine Gegenbewegung an, die bewußt auf das klassische Ideal zurückgreift und die arkadisch-italienische Vision mit neuem Leben zu erfüllen sucht. Die Kunst soll in Form und Inhalt die verhaßte Trivialität des Realen überwinden und die Schönheit zu ihrem eigentlichen Gegenstand machen. Natur, Kunst und Mythos des Südens werden unter dieser Prämisse aufgenommen und zu neuer Form umgeschaffen, nicht ohne dabei manchmal einem gewissen Hang zum Bemühten, Eklektizistischen zu verfallen. Die Deutschrömer verfolgen keine stilistische Einheit, sondern äußern sich ganz subjektiv gemäß der Devise »In uns selbst liegt Italien«. Noch einmal träumen Dichter wie Geibel und Maler wie Feuerbach oder Böcklin den

Traum von Arkadien, und mit herber Größe gestaltet Marées sein Bild der Goldenen Zeit.

Sinnlich-anschauliche Gestalt gewinnt die alte Wunschwelt vor allem im Werk von Böcklin, der die südliche Landschaft den alten Göttern zurückgibt und sie mit Nymphen und Hirten belebt. Pan, im Glast des silbrig-olivfarbenen Schilfs dem Flötenspiel hingegeben, erscheint als eine Emanation der Natur, als suggestive Verkörperung einer sehnsuchtsvoll zehrenden Stimmung, die sonst mit der Geschichte vom Liebesleid des Gottes um die Nymphe Syrinx umschrieben wird.

Der Ästhetizismus des Fin de Siècle verlangt nach Hingabe an eine absolute Schönheit, nach einer Welt jenseits aller Banalität, und macht so für den Traum von Arkadien empfänglich. Ästhetische Reflexion, nicht Wirklichkeit wird gesucht; dies bezeugt der Verlauf einer Reise, zu der Hofmannsthal 1908 zusammen mit Graf Kessler und Maillol aufbricht, um Griechenland kennenzulernen. Nach wenigen Tagen flieht er verstört; sein Arkadien liegt nicht hier, sondern in der urbanen Landschaft Oberitaliens, die sich in Giorgiones »Concert champêtre« spiegelt.

Maillol hingegen begeistert sich an der kraftvollen Ursprünglichkeit Griechenlands. Sie inspiriert ihn zu archaisch stilisierten, auf den Umriß reduzierten Holzschnitten für die Eklogen von Vergils »Bucolica«, die 1926 in einer meisterhaften Ausgabe der von Kessler geleiteten Cranach-Presse in Weimar erscheinen. Das pastorale Genre überlebt in der Moderne hauptsächlich auf dem Gebiet der Illustration; Vergil, Longus und Theokrit liefern den Stoff, den Künstler wie Maillol oder Henri Laurens mit ihren Bildern begleiten.

Gerade die dem Arkadienthema immanente Archaik ist es, die im 20. Jahrhundert die Künstler zu neuer Gestaltung reizt.

Ein substantieller Wandel des Kunstverständnisses öffnet ihnen Wahrnehmungsmöglichkeiten, die über das Abbild hinaus- und auf das Urbild zurückgehen. Henri Matisse gehört zu den Künstlern, denen die Auseinandersetzung mit den Gegebenheiten der Realität nicht genügt; so bezieht er sich in seinem Werk auf die alten Sehnsuchtsbilder von einer harmonischen Natur und von einfachem, menschlichem Glück. Zu sinnbildhafter Gestalt verdichtet sich das in dem Gemälde »Bonheur de vivre« von 1905/06, das in lockerer Abstraktion an die Darstellungstradition der Goldenen Zeit, insbesondere an Agostino Carracci anschließt.

Eine Reminiszenz an den Arkadien-Gedanken kann man auch in Picassos feinnervigen oder derb-skurrilen Pan-Köpfen und in seinen Faunen oder Satyrn sehen, den Produkten einer eigenwilligen Mythenexegese ihres Schöpfers. Pan, Faune und Satyrn bleiben auch für die moderne Literatur ein Gegenstand der Faszination. Oskar Loerke deutet in seinem Gedicht »Pansmusik« Pan als fragile Chiffre der Sphärenharmonie, als den kosmischen Gott, der aus der »Grundharmonika« seiner Musik vergängliche Welten schafft. Eher respektlos geht Arno Holz mit Pan und Satyrn um. In dem 1904 erschienenen Band »Des Schäfers Dafnis Freß-, Sauff- und Venuslieder« persifliert er das arkadisch-pastorale Rollenspiel des Barock, potenziert es und nimmt damit gewissermaßen eine doppelte Maske an. Bei ihm wird die Schäferdichtung zur Burleske, die unverstellte Lebenslust und Sinnenfreude verbreitet und mit ihrer Pseudo-Historizität kokettiert.

Der Umbruch des 20. Jahrhunderts hat den Arkadiengedanken an der Wurzel getroffen und in erheblich stärkerem Maße fragwürdig gemacht, als dies je zuvor der Fall war. Im allgemeinen Sprachgebrauch bleibt Arkadien zwar als Terminus geläufig, jedoch – von wenigen Ausnahmen abgesehen – eher im Verständnis einer vagen, sinnentleerten »Worthülse«. Der Verlust einer verbindlichen Aussage läßt den Begriff im Trivialbereich fortleben, wo er immer noch dazu dienen kann, Sehnsüchte zu wecken, wenn auch nur auf dem kommerzialisierten Feld von Werbespots oder Reiseprospekten. Wird Arkadien in der Literatur zitiert, so erfolgt das meist in gebrochener Form: von der Warte ironischer Distanz, aus historisch bedingter Motivation oder unter dem Gesichtspunkt philosophischer Spekulation.

Alle drei Faktoren nutzt Ludwig Harig als Stilmittel in »Rousseau. Der Roman vom Ursprung der Natur im Gehirn« von 1978. Hier erlebt Arkadien noch einmal einen großen Auftritt in einem flirrenden Spiel mehrfacher Spiegelungen. Die tiefgründige Leichtigkeit und die komplexe Ironie erinnern an Jean Paul, und an ihn denkt man nächst Jean-Jacques Rousseau, wenn Harig angesichts Arkadiens das Problem der Künstlichkeit der Natur und der Natürlichkeit der Kunst erörtert.

In eine völlig andere Dimension zielt Ingeborg Bachmann mit ihrem Prosastück »Auch ich habe in Arkadien gelebt«. Hier erhält das Wort seine alte Bedeutung zurück und wird mit neuem Leid und neuer Sehnsucht erfüllt. »Arkadien« umschreibt den Gegenentwurf zu einem hoffnungslosen Leben, doch es liegt weit zurück und gibt kein utopisches Ziel. Auf ähnliche Weise hat Ernst Bloch, der große Systematiker des utopischen Denkens, das arkadische Modell interpretiert. Sein Werk ist eine enzyklopädische Studie des menschlichen Antizipationsvermögens, in dem auch Arkadien als passive, ästhetische Wunschwelt und als dialektisches Gegenstück zur progressiven Utopie einen bedeutsamen Platz einnimmt – als »der Versuch, Welt zu vollenden, ohne daß sie untergeht«.

Ein Blick auf die zwei Jahrtausende umspannende Geschichte Arkadiens verdeutlicht, welch erstaunliche Wirkungskraft und Wandlungsfähigkeit diesem Sehnsuchtsbild innewohnt. Bei aller gebotenen Kürze versucht die Anthologie, davon einen Eindruck zu vermitteln. Ausgewählt wurden Texte, die für die Genese und die spezifische Ausformung der Arkadienvorstellung von besonderem Interesse sind und ihre Eigenart auf prägnante Weise beleuchten. Nicht immer sind dies in sich abgeschlossene Textstücke; aus einigen umfangreicheren Werken wurden charakteristische Ausschnitte herausgelöst, deren Kontext im Anhang nachgewiesen ist. Dabei blieben die Barocktexte ihrem charakteristischen Duktus zuliebe unverändert; die übrigen Texte, soweit notwendig, wurden behutsam dem modernen Sprachgebrauch angeglichen. Der historischen Übersicht wurde eine thematische Gliederung vorgezogen, wobei der Aufbau der einzelnen Kapitel die chronologische Abfolge nach Möglichkeit einhält. Signifikante Motivgruppen sollen das Rahmenthema aufschlüsseln und seine Strukturen skizzieren. Dieses Konzept bestimmt auch die Abfolge der Bilder, die den einzelnen Texten zugeordnet werden, um sie – im ursprünglichen Wortsinn – zu illustrieren, d. h. in ihrer Bedeutung zu erhellen. Sie sollen einen neuen Blick auf den Text öffnen und das Wechselspiel von bildender Kunst und Literatur veranschaulichen, auch unter Berücksichtigung von erheblichen Zeitverschiebungen, wie etwa im Fall von Vergil und Maillol oder Giorgione und Hofmannsthal.

Selbstverständlich ist die Beschäftigung mit Arkadien ein gesamteuropäisches Phänomen, das in nahezu allen kulturellen Bereichen seine Spuren hinterlassen hat, doch der vorgegebene Rahmen ließ es nicht zu, dem in seiner ganzen Breitenwirkung nachzugehen. Es war unumgänglich, sich auf zwei Linien in

Kunst und Dichtung zu konzentrieren: zum einen auf die Entstehungsgeschichte der Arkadienvorstellung, zum anderen – bei den Texten – auf die Rezeption im deutschsprachigen Raum. Bei den Abbildungen stehen Malerei, Handzeichnung und Graphik als wesentliche Medien im Vordergrund, obwohl Skulptur, Architektur, Kunsthandwerk oder Gartengestaltung ebenfalls mit dem Thema befaßt waren. Hinweise auf weitere Zeugnisse in Kunst und Literatur finden sich in der Auswahlbibliographie. Bild und Text erscheinen als Synthese und sollten dementsprechend wahrgenommen werden, um eine Annäherung an die ursprüngliche Komplexität der alten Wunschwelt zu erreichen. Vielleicht verlockt dies dazu, aufs neue dem Zauber Arkadiens und der Frage nach der Möglichkeit oder Unmöglichkeit menschlichen Glücks nachzuspüren.

Petra Maisak

Textnachweis

Ingeborg Bachmann (1926-1973)
Auch ich habe in Arkadien gelebt. In: Werke. Herausgegeben von Christine Koschel u. a. Band 2: Erzählungen. – München/Zürich: Piper 1978. S. 38-40. © R. Piper & Co. Verlag, München 1978; *S. 128*

Ernst Bloch (1885-1977)
Arkadien und Utopien (Ausschnitt). In: Gesamtausgabe in 16 Bänden. Band 3: Geist der Utopie. Bearbeitete Neuauflage der zweiten Fassung von 1923. – Suhrkamp Verlag Frankfurt am Main 1964, S. 1-4; *S. 9*

Rolf Dieter Brinkmann (1940-1975)
Rom, Blicke. – Reinbek: Rowohlt 1979, S. 16. Copyright © 1979 by Rowohlt Taschenbuch Verlag GmbH, Reinbek; *S. 71*

Jacob Burckhardt (1818-1897)
Brief an Gottfried und Johanna Kinkel, 11./12. September 1846 (Ausschnitt). In: Briefe. Hrsg. von Max Burckhardt. Dritter Band. – Insel Verlag Frankfurt am Main 1955, S. 36f.; *S. 70*

Míguel de Cervantes Saavedra (1547-1616)
Der scharfsinnige Ritter Don Quixote von der Mancha. Textrevision einer anonymen Übersetzung durch Konrad Thorer. Mit einem Essay von Iwan Turgenjew und einem Nachwort von André Jolles. Insel Verlag Frankfurt am Main 1975, S. 1299-1302; *S. 137*

Matthias Claudius (1740-1815)
Die Schäfer um den Brunnen. Aus: Tändeleien und Erzählungen. In: Sämtliche Werke. – München: Winkler 1968, S. 705f.; *S. 102*

Emanuel Geibel (1815-1884)
Erinnerungen aus Griechenland. In: Gesammelte Werke in acht Bänden. Dritter Band. Neue Gedichte. Gedichte und Gedenkblätter. – Stuttgart: Verlag der J. G. Cotta'schen Buchhandlung 1883, S. 175; *S. 52*

Salomon Geßner (1730-1788)
Palemon. Aus: Idyllen. In: Geßners Schriften. – Carlsruhe bey Chistian Gottlieb Schmieder 1775, S. 47-49; *S. 99*

Johann Wolfgang von Goethe (1749-1832)
Aufnahme in die Gesellschaft der Arkadier (Ausschnitt). Aus: Italienische Reise. Herausgegeben und mit einem Nachwort versehen von Christoph Michel. Band II. – Insel Verlag Frankfurt am Main 1976, S. 630f.; *S. 61*
Faust. Der Tragödie zweiter Teil. Dritter Akt. Innerer Burghof (Ausschnitt). In: Goethe Werke. Dritter Band. – Insel Verlag Frankfurt am Main 1965, S. 269-271; *S. 36*
Wilhelm Tischbeins Idyllen. VI. In: Goethe Werke. Sechster Band. Vermischte Schriften. Ausgewählt von Emil Staiger. – Insel Verlag Frankfurt am Main 1965, S. 326f.; *S. 107*

Ludwig Harig (geb. 1927)
Rousseau und Emil suchen den Garten des Paradieses (Ausschnitt);
Rousseau und Emil gehen in der Natur (Ausschnitt).
Aus: Rousseau. Der Roman vom Ursprung der Natur im Gehirn. – München: Hanser 1978, S. 219f.; 232-235. © Hanser Verlag, München 1978; *S. 148*

Johann Gottfried Herder (1744-1803)
Angedenken an Neapel (1789). In: Gedichte. Hrsg. von Johann Georg Müller. – Stuttgart/Tübingen: Cotta 1836, S. 319; *S. 64*
Brief an Karoline Herder, 19. 1. 1789. In: Briefe. Gesamtausgabe 1763-1803. Neunter Band: Nachträge und Ergänzungen. Bearbeitet von Günter Arnold. – Weimar: Hermann Böhlaus Nachfolger 1988. Nr. 54, S. 486f.; *S. 66*

Christian Cajus Laurenz Hirschfeld (1742-1792)
Von Statuen, Monumenten und Inschriften (Ausschnitt). Aus: Theorie der Gartenkunst. Dritter Band. – Leipzig: M. G. Weidmanns Erben und Reich 1780, S. 144f.; *S. 116*

Friedrich Hölderlin (1770-1843)
Hyperion. In: Sämtliche Werke. Herausgegeben von N. v. Hellingrath u. a. Zweiter Band. Besorgt durch Friedrich Seebass. – Berlin: Propyläen 1923, S. 56-59; *S. 124*

Hugo von Hofmannsthal (1874-1929)
Sommerreise. In: Gesammelte Werke in Einzelausgaben. Herausgegeben von Herbert Steiner. Prosa II. – Frankfurt am Main: S. Fischer 1959, S. 54-60. © S. Fischer Verlag GmbH, Frankfurt am Main, 1956, 1957, 1958; *S. 73*

Arno Holz (1863-1929)
Es gaudirt ihn... In: Des berühmbten Schäffers Dafnis... Freß- Sauff- & Venus-Lieder... – München: Piper 1904 (Faksimile: München: Piper 1979), S. 30f. © R. Piper & Co. Verlag, München 1904; *S. 141*

Horaz (Quintus Horatius Flaccus, 65-8 v. Chr.)
Frühlingsfeier. Aus: Oden. Viertes Buch. In: Sämtliche Werke. Hrsg. von Hans Faerber. – München: Heimeran 1967, S. 209f. © Artemis Verlag, München 1991; *S. 135*

Johann Georg Jacobi (1740-1814)
Die Winterreise. – Düsseldorf 1769, S. 91f.; *S. 115*

Jean Paul (Johann Paul Friedrich Richter, 1763-1825)
Hafteldorns Idylle auf das vornehme Leben (13ter Jenner. Hilariusblatt). Aus: Komischer Anhang zum Titan. In: Werke. Dritter Band. Herausgegeben von Norbert Miller. – München: Hanser 1961, S. 868-871; *S. 143*

Anton Korteweg (geb. 1944)
Angst. In: Stand van zaken. Gedichten. – Amsterdam: Meulenhoff 1991, S. 49; Übertragung mit freundlicher Genehmigung des Autors; *S. 132*

Oskar Loerke (1884-1941)
Pansmusik. In: Gedichte. Herausgegeben von Peter Suhrkamp. Neu durchgesehen von Reinhard Tgahrt. – Suhrkamp Verlag Frankfurt am Main 1984, S. 99f.; *S. 54*

Longus (Longos; 2./3. Jh. n. Chr.)
Daphnis und Chloë. Zweites Buch. Aus dem Griechischen übersetzt und mit einem Nachwort von Arno Mauersberger. – Insel Verlag Frankfurt am Main 1976, S. 37-40; *S. 43*

Karl Philipp Moritz (1756-1793)
Reisen eines Deutschen in Italien. In: Werke. Hrsg. von Horst Günther. Zweiter Band. – Insel Verlag Frankfurt am Main 1981, S. 474; *S. 63*

Philostratos (um 170-um 245)
Pan. In: Die Bilder. Griechisch-Deutsch. Nach Vorarbeiten von Ernst Kalinka herausgegeben, übersetzt und erläutert von Otto Schönberger. – München: Heimeran 1968, S. 205 f. © Artemis Verlag, Zürich und München 1991; *S. 57*

Polybios (um 203-um 120 v. Chr.)
Historiae. Geschichte. Gesamtausgabe in zwei Bänden. Eingeleitet und übertragen von Hans Drexler. Erster Band. – Zürich/München: Artemis 1961, S. 344-346. © Artemis Verlag, Zürich und München 1991; *S. 91*

Jacopo Sannazaro (1456-1530)
Arcadia. Restituita alla sua vera lezione. – Napoli: Minerva 1825.
Prosa Prima: S. 51-53; *S. 23*
Egloga VI (Ausschnitt): S. 103-105; *S. 24*
Prosa Decima (Ausschnitt): S. 150-155; *S. 47*
Übersetzungen: Corinna Fiedler

Friedrich Schiller (1759-1805)
Idylle (Ausschnitt). Aus: Über naive und sentimentalische Dichtung. In: Sämtliche Werke. Herausgegeben von Gerhard Fricke und Herbert G. Göpfert. Fünfter Band. – München: Hanser 1975, S. 750; *S. 105*
Resignation. Eine Phantasie. In: Sämtliche Werke. Herausgegeben von Gerhard Fricke und Herbert G. Göpfert. Erster Band. – München: Hanser 1965, S. 130-133; *S. 119*

Sir Philip Sidney (1554-1586)
Arcadia (1590). Das Erste Buch. – Darmstadt: Wissenschaftliche Buchgesellschaft 1971. Reprint der Ausgabe »Arcadia der Gräffin von Pembrock: Vom Herrn Graffen und Rittern Herrn Philippsen von Sydney in Englischer Sprach geschrieben... Teutsch gegeben durch V. T. von Hirschberg... die Gedichte aber und Reymen gantz anderst gemacht und übersetzt von dem Edlen und Besten Martin Opitz von Boberfeldt... Getruckt zu Franckfurt bey Anthoni Hummen M.DC.XLIII.« S. 23-26; *S. 94*

Torquato Tasso (1544-1595)
Aminta. Schäferspiel. 1. Akt, 2. Szene (Ausschnitt). Italienisch/Deutsch. Übersetzt von Otto von Taube. Mit einem Nachwort von Erich Loos. – Frankfurt am Main: Fischer Bücherei 1962 (Exempla Classica 57), S. 55-59. © S. Fischer Verlag GmbH, Frankfurt am Main, 1991; *S. 28*

Theokrit (um 310 - um 250 v. Chr.)
Idylle VIII. In: Sämtliche Dichtungen. Aus dem Griechischen übertragen und herausgegeben von Dietrich Ebener. Insel Verlag Frankfurt am Main 1989, S. 74-79; *S. 83*

Johann Thomas (auch Thomä oder Thomasius, 1624-1679)
Keuscher Liebes-Beschreibung vom Damon und der Lisillen. Zweytes Buch. (Veröffentlicht unter dem Pseudonym Matthias Jonsohn) 1663, 1665. – Reprint: Damon und Lisille. – Hamburg: Maximilian-Gesellschaft 1966, S. 11-17; *S. 31*

Johann Peter Uz (1720-1796)
Der Schäfer. In: Sämtliche poetische Werke. Herausgegeben von A. Sauer. Viertes Buch: Lyrische Gedichte. – Stuttgart: G. J. Göschen'sche Verlagshandlung 1890, S. 130; *S. 97*

Vergil (Publius Vergilius Maro, 70-19 v. Chr.)
Hirtengedichte. In: Vergil. Werke in einem Band. Aus dem Lateinischen übertragen von Dietrich Ebener. – Berlin/Weimar: Aufbau 1983. © 1991 Aufbau Verlag Berlin und Weimar
Ekloge V (Ausschnitt): S. 33 f.; *S. 113*
Ekloge X: S. 53-55; *S. 17*

Robert Walser (1878-1956)
Die Einladung. In: Das Gesamtwerk. Herausgegeben von Jochen Greven. Band II: Kleine Dichtungen, Prosastücke, kleine Prosa. Suhrkamp Verlag Frankfurt am Main 1978, S. 79 f.; *S. 39*

Bildnachweis

William Blake (1757-1827)
Die Pastoralen Vergils, 1821: Holzschnitt, 4 Probedrucke auf einem Blatt, 15,9 × 9,3 cm. Washington D. C., National Gallery of Art, Rosenwald Collection

Karl Blechen (1798-1840)
Kloster Santa Scholastica bei Subiaco, um 1830: Öl auf Leinwand, 110 × 77 cm. Wuppertal, Von der Heydt-Museum

Abraham Bloemaert (1567-1651)
Hirtin mit Traubenschale, 1628: Öl auf Leinwand, 104 × 83 cm. Karlsruhe, Staatliche Kunsthalle

Arnold Böcklin (1827-1901)
Pan im Schilf, 1856/58: Öl auf Leinwand, 199 × 152,9 cm. München, Bayerische Staatsgemäldesammlungen, Neue Pinakothek. Foto: Artothek, Peissenberg

Agostino Carracci (1557-1602)
Età d'Oro, um 1580/90: Öl auf Leinwand, 160 × 260 cm. Wien, Kunsthistorisches Museum, Gemäldegalerie

Franz Louis Catel (1778-1856)
Schinkel in Neapel, 1824: Öl auf Leinwand, 62 × 49 cm. Berlin, Staatliche Museen Preußischer Kulturbesitz, Nationalgalerie. Foto: Jörg P. Anders

Johann Georg von Dillis (1759-1841)
Et in Arcadia ego, um 1790/1800: Aquarell über Bleistift, Feder in Grau und Schwarz, 54 × 43 cm. Vaduz, Stiftung Ratjen

Barent Fabritius (1624-1673)
Selbstbildnis in Schäfertracht, um 1658/60: Öl auf Leinwand, 79 × 64 cm. Wien, Gemäldegalerie der Akademie der bildenden Künste

Salomon Geßner (1730-1788)
Die tanzenden Knaben in der Grotte des Pan, 1781: Gouache, 35,7 × 27,8 cm. Zürich, Kunsthaus
Der arkadische Brunnen, 1781: Gouache, 36,1 × 29,3 cm. Zürich, Kunsthaus

Giorgione (1476/77-1510) und *Tizian* (um 1488/90-1576)
Das ländliche Konzert (Concert champêtre), um 1508, nach 1510 von Tizian vollendet: Öl auf Leinwand, 109 × 137 cm. Paris, Musée du Louvre

Guercino (Giovanni Francesco Barbieri, 1591-1666)
Et in Arcadia ego, 1618: Öl auf Leinwand, 82 × 91 cm. Rom, Galleria Nazionale di Palazzo Corsini. Foto: Scala Florenz

Franz Horny (1798-1824)
Frauen am Brunnen von Olevano, um 1822: lavierte Federzeichnung, 33,7 × 46 cm. Weimar, Staatliche Kunstammlungen, Schloßmuseum

Joseph Anton Koch (1768-1839)
Heroische Landschaft mit Regenbogen, 1805: Öl auf Leinwand, 116,5 × 112,5 cm. Karlsruhe, Staatliche Kunsthalle

Nicolas Lancret (1690-1745)
Der Vogelkäfig, um 1735: Öl auf Leinwand, 44 × 48 cm. München, Bayerische Staatsgemäldesammlungen, Alte Pinakothek

Henri Laurens (1885-1954)
Illustration zu Theokrits Idyllen, 1945: Holzschnitt, in: Théocrite. Les Idylles, ins Französische übertragen von Emile Chambry. Paris: Tériade, 1945. © VG Bild-Kunst, Bonn 1992

Johann Heinrich Lips (1758-1817)
Der Morgen, 1805: Aquatintaradierungen aus einem Zyklus der vier Jahreszeiten, 24,2 × 29,7 cm. Freies Deutsches Hochstift – Frankfurter Goethe-Museum

Claude Lorrain (1600-1682)
Abendlandschaft mit Tempel und Hirten, um 1644: Öl auf Leinwand, 96,5 × 123 cm. Ottawa, National Gallery of Canada

Hirten unter einer Baumgruppe, um 1660/65: Lavierte Federzeichnung in Braun und schwarze Kreide, 40 × 24,8 cm. Haarlem (Noord-Holland), Teylers Museum

Aristide Maillol (1861-1944)
Illustrationen zu Vergils Eklogen, 1912/14: Holzschnitte, in: P. Vergilii Maronis Eclogae et Georgica. Weimar: Cranach-Presse, 1926. © VG Bild-Kunst, Bonn 1992

Henri Matisse (1869-1954)
Le bonheur de vivre, 1905/06: Öl auf Leinwand, 174 × 238,1 cm. Merion/Pennsylvania, The Barnes Foundation. © VG Bild-Kunst, Bonn 1992/Les Héritiers Matisse

Pablo Picasso (1881-1973)
Pan, 1948: Lithographie, 65 × 51 cm. Privatbesitz
Musizierender Faun, 1948: Lithographie, 69 × 50 cm. Privatbesitz. © VG Bild-Kunst, Bonn 1992

Nicolas Poussin (1594-1665)
Et in Arcadia ego, um 1630: Öl auf Leinwand, 101 × 82 cm. Chatsworth, Derbyshire, The Chatsworth Settlement
Et in Arcadia ego, um 1640/45: Öl auf Leinwand, 85 × 121 cm. Paris, Musée du Louvre

Johann Christian Reinhart (1761-1847)
Arkadische Landschaft, »meinem lieben Schiller gewidmet«, 1787: Gouache, 32 × 41,5 cm. Marbach, Schiller-Nationalmuseum

Rembrandt van Rijn (1606-1669)
Der Flötenspieler, 1642: Radierung, 11,6 × 14,3 cm. Amsterdam, Rijksprentenkabinet, Rijksmuseum

Henri Rousseau (1844-1910)
Die Glücklichen, 1902: Öl auf Leinwand, 94 × 57,1 cm. Privatbesitz

Philipp Otto Runge (1777-1810)
Quelle und Dichter, 1805: Feder in Schwarz, Pinsel in Grau über Spuren von Bleistift, 50,9 × 67,1 cm. Hamburg, Kunsthalle

Gottlieb Schick (1776-1812)
Apoll unter den Hirten, 1806/1808: Öl auf Leinwand, 178,5 × 232 cm. Stuttgart, Staatsgalerie

Giovanni Segantini (1858-1899)
Träumendes Hirtenmädchen, 1886/87: Bleistift, mit Kreide überarbeitet, auf grauem Papier, 37,5 × 27,5 cm. St. Moritz, Segantini-Museum

Johann Heinrich Wilhelm Tischbein (1751-1829)
Satyr-Familie. Erstes Bild des Oldenburger Idyllenzyklus, 1819/20: Öl auf Holz, 31 × 33 cm. Oldenburg, Landesmuseum

Tizian (um 1488/90-1576)
Nymphe und Hirte, um 1570: Öl auf Leinwand, 149,6 × 187 cm. Wien, Kunsthistorisches Museum, Gemäldegalerie

Antoine Watteau (1684-1721)
Der Tanz, um 1719: Öl auf Leinwand, 97 × 166 cm. Berlin, Staatliche Museen Preußischer Kulturbesitz, Gemäldegalerie. Foto: Jörg P. Anders

Attisches Weihrelief mit zwei Pan-Figuren, 2. Jh. n. Chr. München, Staatliche Antikensammlungen, Glyptothek
Pan und Nymphe: Pompejanisches Wandbild. Neapel, Museo Archeologico Nazionale
Satyr mit Weinschlauch: Pompejanische Brunnenfigur aus der Casa del Centenario. Neapel, Museo Archeologico Nazionale

Grab des Daphnis. Illustration zu Vergils »Hirtengedichten«, Ekloge V. Virgili Opera. Straßburg bei Grüninger, 1502. Kupferstich

Illustration zum Ersten Buch von Philip Sidneys »Arcadia«, 1643: Kupferstich (vgl. Textnachweis)

Delfter Kachel, 18. Jh., mit arkadischen Motiven. Schloß Nieborów/Polen

Umschlagabbildung:
Nicolas Poussin, Et in Arcadia ego, um 1640/45. Paris, Museé du Louvre

Literaturauswahl

Bernhard, Klaus: Idylle. Theorie, Geschichte, Darstellung in der Malerei 1750-1850. Zur Anthropologie deutscher Seligkeitsvorstellungen, Köln/Wien 1977

Böschenstein-Schäfer, Renate: Idylle, Stuttgart 1967

Cafritz, Robert / Gowing, Lawrence / Rosand, David: Places of Delight. The Pastoral Landscape, Washinton D. C. 1988

Doren, Alfred: Wunschräume und Wunschzeiten, in: Vorträge der Bibliothek Warburg 1924/25, Berlin 1927, S. 158-205

Faber, Richard: Politische Idyllik. Zur sozialen Mythologie Arkadiens, Stuttgart 1977

Felten, Florens: Arkadien. Sondernummer von Antike Welt, Zeitschrift für Archäologie und Kulturgeschichte, 18. Jahrgang, Freiburg i. Br. 1987

Garber, Klaus: Der locus amoenus und der locus terribilis. Bild und Funktion der Natur in der deutschen Schäfer- und Landlebendichtung des 17. Jahrhunderts, Köln/Wien 1974

Garber, Klaus (Hrsg.): Europäische Bukolik und Georgik (= Wege der Forschung Bd. 355), Darmstadt 1976

Herbig, Reinhard: Pan, der griechische Bocksgott. Versuch einer Monographie, Frankfurt a. M. 1949

Hofmann, Werner: Das irdische Paradies. Kunst im 19. Jahrhundert, München 1960

Kataloge:

Auch ich in Arcadien. Kunstreisen nach Italien 1600-1900, bearbeitet von Dorothea Kuhn, hrsg. von Bernhard Zeller, Schiller-Nationalmuseum, Marbach 1966

Naturbetrachtung – Naturverfremdung, bearbeitet und hrsg. von Tilman Osterwold, Württembergischer Kunstverein, Stuttgart 1977

Bilder vom irdischen Glück. Giorgione, Tizian, Rubens, Watteau, Fragonard, bearbeitet von Thomas W. Gaethgens, hrsg. von den Freunden der preußischen Schlösser und Gärten e. V., Berlin 1983

Heroismus und Idylle. Formen der Landschaft um 1800, bearbeitet von Götz Czymmek und Ekkehard Mai, Wallraf-Richartz-Museum, Köln 1984

»... auf klassischem Boden begeistert«, Goethe in Italien, hrsg. von Jörn Göres, Goethe-Museum Düsseldorf, Mainz 1986

»In uns selbst liegt Italien«. Die Kunst der Deutschrömer, hrsg. von Christoph Heilmann, München 1987

Peter Joseph Lennée. Volkspark und Arkadien, hrsg. von Florian von Buttlar, Berlin 1989

Maisak, Petra: Arkadien. Genese und Typologie einer idyllischen Wunschwelt, Frankfurt a. M./Bern 1981

McNeil Kettering, Alison: The Dutch Arcadia. Pastoral Art and its Audience in the Golden Age, Totowa, N. J./Woodbridge, Suffolk

Newman, Jane O.: Et in Arcadia Ego: Pastoral Poetics, or Imitation as Survival in Theocritus, Virgil and Opitz, in: Deutsche Vierteljahresschrift für Literaturwissenschaft und Geistesgeschichte, 4/1985, S. 525-550

Panofsky, Erwin: Et in Arcadia ego; on the Conception of Transcience in Poussin and Watteau, in: Philosophy and History. Essays presented to Ernst Cassirer, Oxford 1936, S. 223-254. Gekürzte und revidierte Übersetzung in: Panofsky, E.: Sinn und Deutung in der bildenden Kunst, Köln 1975, S. 351-377

Petriconi, Hellmuth: Das neue Arkadien, in: Antike und Abendland Bd. 3, 1948, S. 187-200

Pochat, Götz: Figur und Landschaft. Eine historische Interpretation der Landschaftsmalerei von der Antike bis zur Renaissance, Berlin/New York 1973

Poggiolo, Renato: The Oaten Flute. Essays on Pastoral Poetry and the Pastoral Ideal, Cambridge (Mass.) 1975

Romano, Giovanni: Landschaft und Landleben in der italienischen Malerei, Berlin 1989

Schefold, Karl: Pompejanische Malerei. Sinn- und Ideengeschichte, Basel 1952

Schlaffer, Heinz: Urbs und Arkadien, in: Musa iocosa. Gattungspoetik und Gattungsgeschichte der erotischen Dichtung in Deutschland, Stuttgart 1971, S. 38-51

Schmidt, Ernst A.: Arkadien. Abendland und Antike, in: Antike und Abendland Bd. 21, 1975, S. 36-57

Schnack, Friedrich: Der Traum vom Paradies. Eine Kulturgeschichte des Gartens, Hamburg 1962

Schönbeck, Gerhard: Der locus amoenus von Homer bis Horaz, Diss. Heidelberg 1962

Sengle, Friedrich: Wunschbild Land und Schreckbild Stadt. Zu einem zentralen Thema der neueren deutschen Literatur, in: Studium Generale Bd. 16, 1963, S. 619-631

Snell, Bruno: Arkadien. Die Entdeckung einer geistigen Landschaft, in: Antike und Abendland Bd. 1, 1945, S. 26-41

Steingräber, Erich: Zweitausend Jahre europäische Landschaftsmalerei, München 1985

Stephan, Rüdiger: ›L'Arcadie‹ de Goethe et l'idée d'un monde meilleur, in: Études Germaniques 31, 1976, S. 258-280

Verlust und Ursprung. Festschrift für Werner Weber, mit Beiträgen zum Thema »Et in Arcadia ego«, hrsg. von Angelika Maass und Bernhard Heinser, Zürich 1989

Voßkamp, Wilhelm (Hrsg.): Schäferdichtung (= Dokumente des Internationalen Arbeitskreises für deutsche Barockliteratur Bd. 4), Hamburg 1977

Waetzold, Wilhelm: Das klassische Land. Wandlungen der Italiensehnsucht, Leipzig 1927

Weber, Heinz-Dieter (Hrsg.): Vom Wandel des neuzeitlichen Naturbegriffs, Konstanz 1989

Wedewer, Rolf / Jensen, Jens Christian (Hrsg.): Die Idylle. Eine Bildform im Wandel zwischen Hoffnung und Wirklichkeit, 1750-1930, Köln 1986

Weisbach, Werner: Et in Arcadia Ego. Ein Beitrag zur Interpretation antiker Vorstellungen in der Kunst des 17. Jahrhunderts, in: Die Antike Bd. 6, 1930, S. 127-145

Wormbs, Brigitte: Arcadia oder Natur und Landschaft als Welt des schönen Scheins, in: Über den Umgang mit Natur. Landschaft zwischen Illusion und Ideal, München/Wien 1976, S. 11-57, 1983

Inhalt

Texte und Textausschnitte

Land der Hirten, Ort der Liebe
Arkadien und Goldene Zeit

Pan, der arkadische Gott

Arkadien in Italien

Zwischen Wunschtraum und Wirklichkeit

Et in Arcadia ego

»Satyrisches«

Klassische deutsche Literatur
im insel taschenbuch

Johann Friedrich Abegg: Reisetagebuch von 1798. it 1013
Achim von Arnim: Erzählungen. it 1018
Achim und Bettina in ihren Briefen. 2 Bde. in Kassette. it 1095
Bettina von Arnim: Aus meinem Leben. it 642
– Bettina von Arnims Armenbuch. it 541
– Goethes Briefwechsel mit einem Kinde. it 767
– Die Günderode. Mit einem Essay von Christa Wolf. it 702
Bettina von Arnim / Clemens Brentano: Clemens Brentanos Frühlingskranz aus Jugendbriefen ihm geflochten, wie er selbst schriftlich verlangte. it 812
Friedmund von Arnim: Märchen. Hundert neue Märchen, im Gebirge gesammelt. it 1309
Johann Beer: Die teutschen Winter-Nächte & Die kurzweiligen Sommer-Täge. Zwei Romane. it 872
Ludwig Börne: Briefe aus Paris. it 924
Hermann Bote: Till Eulenspiegel. Ein kurzweiliges Buch aus dem Lande Braunschweig. Wie er sein Leben vollbracht hat. Sechsundneunzig seiner Geschichten. it 336
Clemens Brentano: Gedichte. Erzählungen. Briefe. it 557
– Gockel Hinkel Gackeleia. Märchen. it 47
– Italienische Märchen. it 695
– Rheinmärchen. In der von Guido Görres herausgegebenen Ausgabe von 1846. it 804
Briefe von Dunkelmännern. Epistolae obscurorum virorum an Magister Ortuin Gratius aus Deventer, Professor der schönen Wissenschaften zu Köln. it 1297
Georg Büchner: Lenz. Erzählung. it 429
– Leonce und Lena. Ein Lustspiel. it 594
– Woyzeck. it 846
Gottfried August Bürger: Wunderbare Reisen zu Wasser und zu Lande. it 207
Bürgers Liebe. Die Ehestandsgeschichte von Elise Hahn und Gottfried August Bürger. it 564
Wilhelm Busch: Kritisch- Allzukritisches. Gedichte. it 52
– Sämtliche Bilderbogen. it 620
Adelbert von Chamisso: Peter Schlemihls wundersame Geschichte. it 27
Matthias Claudius: Der Wandsbecker Bote. it 130
Annette von Droste-Hülshoff: Bei uns zulande auf dem Lande. Prosaskizzen. it 697

161/1/8.91

Klassische deutsche Literatur im insel taschenbuch

Annette von Droste-Hülshoff: Die Judenbuche. Ein Sittengemälde aus dem gebirgichten Westfalen. it 399
– Sämtliche Gedichte. it 1092
Marie von Ebner- Eschenbach: Dorf- und Schloßgeschichten. it 1272
Johann Peter Eckermann: Gespräche mit Goethe in den letzten Jahren seines Lebens. 2 Bde. it 500
Joseph von Eichendorff: Aus dem Leben eines Taugenichts. it 202
– Gedichte. it 255
– Gedichte. it 1060
– Novellen und Gedichte. it 360
Theodor Fontane: Allerlei Glück. Plaudereien, Skizzen und Unvollendetes. it 641
– Cécile. it 689
– Effi Briest. it 138
– Frau Jenny Treibel oder ›Wo sich Herz zum Herzen findt‹. Roman. it 746
– Grete Minde. it 1157
– Irrungen, Wirrungen. it 771
– Jenseit des Tweed. Bilder und Briefe aus Schottland. it 1066
– Mathilde Möhring. it 1107
– Meine Kinderjahre. Autobiographischer Roman. it 705
– Die Poggenpuhls. Roman. it 1271
– Schach von Wuthenow. Erzählung aus der Zeit des Regiments Gendarmes. it 816
– Der Stechlin. it 152
– Stine. Roman. it 899
– Unwiederbringlich. Roman. it 286
– Von Zwanzig bis Dreißig. it 985
– Vor dem Sturm. Roman, aus dem Winter 1812 auf 13. it 583
– Wanderungen durch die Mark Brandenburg. 5 Bde. in Kassette. it 1181-1185
Theodor Fontane. Ein Leben in Briefen. it 540
Georg Forster: Ansichten vom Niederrhein, von Brabant, Flandern, Holland, England und Frankreich im April, Mai und Junius 1790. it 1136
– Reise um die Welt. it 757
Johann Conrad Friederich: Vierzig Jahre aus dem Leben eines Toten. it 1292
Christian Fürchtegott Gellert: Fabeln und Lieder. it 895

161/2/8.91

Klassische deutsche Literatur im insel taschenbuch

Friedrich Gerstäcker: Die Flußpiraten des Mississippi. Roman. it 435
– Das Gespensterbuch. it 1388
Johann Wolfgang Goethe: Dichtung und Wahrheit. 3 Bde. in Kassette. it 149-151
– Elegie von Marienbad. September 1823. Faksimile einer Urhandschrift. it 1250
– Erotische Gedichte. Gedichte, Skizzen und Fragmente. it 1225
– Faust. Erster Teil. it 50
– Faust. Zweiter Teil. it 100
– Urfaust. Faust. Ein Fragment. Faust. Eine Tragödie. Paralleldruck der drei Fassungen. 2 Bde. it 625
– Frühes Theater. Mit einer Auswahl aus den dramaturgischen Schriften 1771-1828. it 675
– Goethe – warum? Eine repräsentative Auslese aus Werken, Briefen und Dokumenten. it 759
– Goethe über das Mittelalter. it 1200
– Goethe über die Deutschen. it 325
– Goethes Feste. Festliche Texte. it 1325
– Goethes Gedanken über Musik. Eine Sammlung aus seinen Werken, Briefen, Gesprächen und Tagebüchern. it 800
– Goethes Liebesgedichte. it 275
– Die guten Frauen als Gegenbild der bösen Weiber. it 925
– Hermann und Dorothea. it 225
– Historische Schriften. Eine Auswahl in biographischer Folge. it 650
– Italienische Reise. it 175
– Tagebuch der Italienischen Reise 1786. Notizen und Briefe aus Italien. it 176
– Klassisches Theater. it 700
– Die Leiden des jungen Werther. it 25
– Märchen. Der neue Paris. Die neue Melusine. Das Märchen. it 825
– Der Mann von funfzig Jahren. it 850
– Maximen und Reflexionen. it 200
– Die natürliche Tochter. it 1175
– Novelle. it 2301
– Novellen. it 425
– Pandora. it 1075

161/3/8.91

Klassische deutsche Literatur
im insel taschenbuch

Johann Wolfgang Goethe: Reineke Fuchs. it 125
– Das Römische Carneval. Mit den farbigen Figurinen von 1789 und den Fragmenten »Über Italien«. it 750
– Römische Elegien und Venezianische Epigramme. it 1150
– Schriften zur Naturwissenschaft. it 550
– Schriften zur Weltliteratur. Mit Buchillustrationen aus der Goethezeit. it 1025
– Tagebuch der ersten Schweizer Reise 1775. it 300
– Unterhaltungen deutscher Ausgewanderten. it 1050
– Die Wahlverwandtschaften. Ein Roman. it 1
– West- östlicher Divan. it 75
– Wilhelm Meisters Lehrjahre. it 475
– Wilhelm Meisters theatralische Sendung. it 725
– Wilhelm Meisters Wanderjahre oder die Entsagenden. it 575
– Xenien. it 875
Briefe an Charlotte von Stein. 3 Bde. in Kassette. it 1125
Briefwechsel zwischen Goethe und Zelter 1796-1832. 3 Bde. it 950
Der Briefwechsel zwischen Schiller und Goethe. 2 Bde. it 250
Goethes Briefwechsel mit Marianne und Jakob Willemer. it 900
Goethes Briefwechsel mit seiner Frau. 2 Bde. in Kassette. it 1100
Johann Wolfgang Goethe / Friedrich von Schiller: Sämtliche Balladen und Romanzen. it 1275
Manfred Wenzel: Goethe und die Medizin. it 1350
Jeremias Gotthelf: Die schwarze Spinne. it 991
Christian Dietrich Grabbe: Scherz, Satire, Ironie und tiefere Bedeutung. Ein Lustspiel in drei Aufzügen. it 534
Franz Grillparzer: Der arme Spielmann. it 690
Jacob Grimm: Über den Ursprung der Sprache. Gelesen in der Preußischen Akademie der Wissenschaften am 9. Januar 1851. it 877
Hans Jakob Christoffel von Grimmelshausen: Der abenteuerliche Simplicissimus. it 739
– Trutz-Simplex oder Ausführliche und wunderseltzame Lebensbeschreibung der Ertzbetrügerin und Landstörtzerin Courasche. it 211
Karoline von Günderode: Gedichte. it 809
Johann Christian Günther: Gedichte. it 1028
Wilhelm Hauff: Märchen. Erster Band. it 216

161/4/8.91

Klassische deutsche Literatur im insel taschenbuch

Wilhelm Hauff: Mitteilungen aus den Memoiren des Satan. it 782
– Zwerg Nase. it 1191
Friedrich Hebbel: Erzählungen und Tagebuchblätter. it 1029
Johann Peter Hebel: Kalendergeschichten. it 17
– Schatzkästlein des rheinischen Hausfreundes. it 719
Heinrich Heine: Atta Troll. Ein Sommernachtstraum. it 748
Heinrich Heine: Briefe aus Berlin. it 1322
– Buch der Lieder. it 33
– Deutschland. Ein Wintermärchen. it 723
– Florentinische Nächte. it 923
– Italien. it 1072
– Neue Gedichte. it 1055
– Der Rabbi von Bacherach. Ein Fragment. it 811
– Reisebilder. it 444
– Die romantische Schule. it 910
– Romanzero. it 538
Julius Eduard Hitzig: E.T.A. Hoffmanns Leben und Nachlaß. it 755
Friedrich Hölderlin: Gedichte. it 781
– Hyperion oder Der Eremit in Griechenland. it 365
Hölderlins Diotima Susette Gontard. Gedichte–Briefe–Zeugnisse. it 447
Hölderlin. Chronik seines Lebens mit ausgewählten Bildnissen. it 83
E. T. A. Hoffmann: Die Abenteuer der Silvester- Nacht. it 798
– Die Brautwahl. it 1124
– Die Elixiere des Teufels. it 304
– Fantasiestücke in Callots Manier. it 1283
– Das Fräulein von Scuderi. Erzählung aus dem Zeitalter Ludwig des Vierzehnten. it 410
– Der goldne Topf. Ein Märchen aus der neuen Zeit. it 570
– Klein Zaches genannt Zinnober. Ein Märchen. it 777
– Lebensansichten des Katers Murr nebst fragmentarischer Biographie des Kapellmeisters Johannes Kreisler in zufälligen Makulaturblättern. it 168
– Das Majorat. it 1085
– Nachtstücke. it 589
– Nußknacker und Mausekönig. it 879
– Prinzessin Brambilla. Ein Capriccio. it 418

161/5/8.91

Klassische deutsche Literatur im insel taschenbuch

E. T. A. Hoffmann: Der Sandmann. it 934
– Die Serapions-Brüder. Gesammelte Erzählungen und Märchen in vier Bänden. it 631
– Spielerglück. it 1221
– Der unheimliche Gast. Und andere phantastische Erzählungen. it 245
– Der unheimliche Gast. Großdruck.it 2302
Karl Leberecht Immermann: Münchhausen. Eine Geschichte in Arabesken. it 747
Jean Paul: Dr. Katzenbergers Badereise. it 1261
– Flegeljahre. Eine Biographie. it 873
– Leben des vergnügten Schulmeisterlein Maria Wutz in Auenthal. Eine Art Idylle. it 778
– Leben Fibels des Verfassers der bienrodischen Fibel. it 1170
– Des Luftschiffers Giannozzo Seebuch und über die natürliche Magie der Einbildungskraft. it 144
– Siebenkäs. Blumen-, Frucht- und Dornenstücke oder Ehestand, Tod und Hochzeit des Armenadvokaten F. St. Siebenkäs im Reichsmarktflecken Kuhschnappel. it 980
– Titan. it 671
Johann Heinrich Jung-Stilling: Lebensgeschichte. it 709
Das Kalte Herz. Und andere Texte der Romantik. it 330
Gottfried Keller: Der grüne Heinrich. Erste Fassung. 2 Bde. it 335
– Der grüne Heinrich. Die Leute von Seldwyla. Züricher Novellen. Drei Bände in Kassette. it 1255
– Die Leute von Seldwyla. Vollständige Ausgabe der Novellensammlung. it 958
– Romeo und Julia auf dem Dorfe. it 756
– Züricher Novellen. it 201
Heinrich von Kleist: Werke in vier Bänden. 4 Bände in Kassette. it 981-984
– Die Marquise von O ... Mit Materialien und Bildern zu dem Film von Eric Rohmer und einem Aufsatz von Heinz Politzer. Herausgegeben von Werner Berthel. Übersetzungen aus dem Französischen von Werner Berthel. it 299
– Die Marquise von O ... Großdruck. it 2307
– Michael Kohlhaas. Aus einer alten Chronik. it 1352
– Der zerbrochne Krug. Ein Lustspiel. it 171

161/6/8.91

Klassische deutsche Literatur im insel taschenbuch

August Klingemann: Nachtwachen von Bonaventura. it 89
Friedrich Gottlieb Klopstock: Gedanken über die Natur der Poesie. it 1038
Johann C. Lavater: Physiognomische Fragmente. it 1366
Gotthold Ephraim Lessing: Dramen. it 714
– Hamburgische Dramaturgie. it 869
– Laokoon. it 1048
Georg Christoph Lichtenberg: Schriften und Briefe. 4 Bände in Kassette. it 1360
– Aphorismen. In einer Auswahl. it 165
Georg Christoph Lichtenberg: Erklärung der Hogarthschen Kupferstiche. it 1296
– Der Fortgang der Tugend und des Lasters. Erklärungen zu Daniel Chodowieckis Monatskupfer zum Göttinger Taschenkalender 1778. it 936
– Sudelbücher. it 792
– Über die Macht der Liebe und andere Schriften. it 1164
Liselotte von der Pfalz: Briefe. it 428
Martin Luther: Luthers Fabeln und Spruchweisheiten. it 1094
Märchen der Romantik. it 285
Meister Eckhart: Das Buch der göttlichen Tröstung. it 1005
Conrad Ferdinand Meyer: Jürg Jenatsch. Eine Bündnergeschichte. it 862
Eduard Mörike: Alte unnennbare Tage ... Ausgewählte Gedichte. it 246
– Die Historie von der schönen Lau. it 72
– Maler Nolten. Novelle in zwei Teilen. Erste Fassung. it 404
– Mozart auf der Reise nach Prag. Eine Novelle. it 376
– Mozart auf der Reise nach Prag. Novelle. Großdruck. it 2320
– Die schönsten Erzählungen. it 1290
Karl Philipp Moritz: Anton Reiser. Ein psychologischer Roman. it 433
Friedrich de la Motte-Fouqué: Undine. it 1353
Wilhelm Müller: Die Winterreise und andere Gedichte. it 901
Johann Karl August Musäus: Rübezahl. Für die Jugend von Christian Morgenstern. it 73
– Volksmärchen der Deutschen. it 1034
Johann Nestroy: Komödien. 3 Bde. it 526
– Nestroy für Minuten. »Das ist klassisch«. it 818
Novalis: Gedichte. Die Lehrlinge zu Sais – Dialogen und Monolog. it 1010
– Heinrich von Ofterdingen. it 596

161/7/8.91

Klassische deutsche Literatur im insel taschenbuch

Pückler-Muskau: Andeutungen über Landschaftsgärtnerei. it 1024
Hermann von Pückler-Muskau: Briefe eines Verstorbenen. Ein fragmentarisches Tagebuch. 2 Bände in Kassette. it 1219
Wilhelm Raabe: Werke in 10 Bänden. it 881-890
– Die Akten des Vogelsangs. it 888
– Altershausen. it 890
– Die Chronik der Sperlingsgasse. it 370
– Hastenbeck. it 889
– Horacker. it 883
– Im alten Eisen. it 885
Wilhelm Raabe: Krähenfelder Geschichten. it 882
– Das Odfeld. it 886
– Stopfkuchen. it 887
– Stuttgarter Erzählungen. it 881
Leopold von Ranke: Die römischen Päpste in den letzten vier Jahrhunderten. it 960
Friedrich Rückert: Ausgewählte Werke. 2 Bände in Kassette. it 1022
Arnold Ruge: Patriotismus. it 1160
Ferdinand von Saar: Novellen aus Österreich. it 906
Friedrich von Schiller: Der Geisterseher. Und andere Erzählungen. it 212
– Wallenstein. Ein dramatisches Gedicht. Wallensteins Lager – Die Piccolomini – Wallensteins Tod. it 752
Friedrich von Schiller / Ludwig Ferdinand Huber: Avanturen des neuen Telemachs. Eine Geschichte in Bildern. Texte von Ludwig Ferdinand Huber. it 941
Friedrich Schlegel: Lucinde. Ein Roman. it 817
– Romantische Sagen des Mittelalters. it 930
– Theorie der Weiblichkeit. it 679
Johann Gottfried Schnabel: Die Insel Felsenburg. Roman. it 953
Arthur Schopenhauer: Aphorismen zur Lebensweisheit. Vollständige Ausgabe mit Erläuterungen und Übersetzung der fremdsprachigen Zitate. it 223
– Kopfverderber. Über die Universitäts-Philosophie und ihre Professoren. it 661
Heinrich Seidel: Leberecht Hühnchen. Prosa-Idyllen. it 786
Charlotte Stieglitz: Gedichte und Tagebücher. it 986
Adalbert Stifter: Aus dem alten Wien. Zwölf Erzählungen. it 959

161/8/8.91

Klassische deutsche Literatur im insel taschenbuch

Adalbert Stifter: Bergkristall. Und andere Erzählungen. it 438
– Erzählungen. it 1314
– Der heilige Abend. it 699
– Der Hochwald. it 1197
– Die Mappe meines Urgroßvaters. it 1108
– Der Nachsommer. it 653
– Studien. 2 Bde. it 915
Theodor Storm: Gesammelte Werke. 6 Bde. it 731-736
– Der Schimmelreiter. Großdruck. it 2318
– Unter dem Tannenbaum. Mit Illustrationen der Erstausgabe von Otto Speckter und Ludwig Pietsch. it 1042
Ludwig Tieck: Der gestiefelte Kater. Ein Kindermärchen in drei Akten, mit Zwischenspielen, einem Prologe und Epiloge. it 940
– Der Hexen- Sabbat. it 1084
– Märchen und Novellen. it 1061
Ludwig Uhland: Gedichte. it 928
Friedrich Theodor Vischer: Auch einer. Eine Reisebekanntschaft. it 1063
Johann Carl Wezel: Belphegor oder Die wahrscheinlichste Geschichte unter der Sonne. it 776
Christoph Martin Wieland: Aristipp und einige seiner Zeitgenossen. it 718
– Mit fliegender Feder. Ausgewählte Briefe. it 1227
Wieland-Lesebuch. it 729

161/9/8.91